소년 비밀요원과 공동경비구역

소년 비밀요원과 공동경비구역

청소년 성장소설 십대들의 힐링캠프, 통일

[십대들의 힐링캠프®] 시리즈 NO.43

지은이 | 김영권
발행인 | 김경아

2022년 3월 20일 1판 1쇄 인쇄
2022년 3월 27일 1판 1쇄 발행

이 책을 만든 사람들
책임 기획 | 김경아
기획 | 김효정
북 디자인 | KHJ북디자인
표지 삽화 | 정지란
교정 교열 | 김경미
경영 지원 | 홍종남

이 책을 함께 만든 사람들
종이 | 제이피씨 정동수 · 정충엽
제작 및 인쇄 | 천일문화사 유재상

청소년 기획위원
정가인, 양태훈, 양재욱

펴낸곳 | 행복한나무
출판등록 | 2007년 3월 7일. 제 2007-5호
주소 | 경기도 남양주시 도농로 34, 301동 301호(다산동, 플루리움)
전화 | 02) 322-3856 팩스 | 02) 322-3857
홈페이지 | www.ihappytree.com
도서 문의(출판사 e-mail) | e21chope@daum.net
내용 문의(지은이 e-mail) | nammunsan@naver.com
※ 이 책을 읽다가 궁금한 점이 있을 때는 지은이 e-mail을 이용해 주세요.

ⓒ 김영권, 2022
ISBN 979-11-88758-44-9
"행복한나무" 도서번호 : 145

소년 비밀요원과
공동경비구역

| 김영권 지음 |

행복한
나무

대한민국 판문점, 공동경비구역(JSA)

나는 열일곱 살이고, 얼마 후면 고등학생이 된다. 우리 할아버지는 윤 자, 청 자, 운 자로, 이 소설의 주인공인 '윤청운'이다. 할아버지는 젊었을 때 많은 일을 겪으셨다. 나는 할아버지의 인생 이야기를 철이 든 다음부터 계속 들어 와서 이제는 거의 외울 정도다. 어쩌면 그렇게 토씨 하나 안 틀리고 같은 이야기를 하실 수 있을까 신기하기만 하다. 어렸을 때 무작정 끌려갔던 선감도와 형제복지원, 그리고 북파 공작원이 되어서 북한으로 올라간 이야기까지, 마치 영화 같은 이야기가 할아버지 인생이었다. 그리고 마지막은 항상 "언제쯤 통일이 될 수 있을지 모르겠다."로 끝내신다.

나는 솔직히 통일이 꼭 되어야 할까 싶다. 우리는 선진국이지만 북한은 너무 못살지 않은가? 통일이 되면 아무래도 우리가 사는 남한이 북한을 위해서 많은 것을 베풀어야 할 것 같아서 뭔가 손해보는 느낌이다. 그러나 나는 내 생각을 입 밖으로 말한 적은 한 번도 없다. 할아버지가 불같이 화를 내실 게 뻔하기 때문이다. 우리 가족 모두 '통일'이나 '북한'에 대해서는 의견을 이야기하지 않는 게 불문율이 되었다. 그러던 어느 날, 남북 정상회담이 판문점에서 열리면서 우리 가족의 불문율이 깨지는 큰 이변이 일어났다.

공동경비구역 도보다리

2018년 4월 27일은 역사적인 날이다. 한 민족이면서도 적대관계인 남한의 대통령과 북한의 수령이 공동경비구역(JSA) 도보다리에서 단둘이 만나 30여 분 동안 대화를 나누는 장면에 온 세계의 관심이 집중되었다. 그 모습을 텔레비전 화면으로 가만히 지켜보던 할아버지는 문득 이런 말씀을 하셨다.

"저 다리에는 우리 한민족의 과거와 현재와 미래가 걸려 있을 거야. 지금 아주 중요한 얘기를 나누고 있겠지. 아! 그 당시 우리 청소년 비밀요원들이 벌인 활약은 어떤 의미가 있을까? 지금은 모두 잊혀 버렸지. 대통령과 위원장의 밀담 속에도 아마 우리 비밀요원들의 얘기는 없겠지. 한마디라도 해 주면 좋으련만……."

"할아버지, 스, 슬픈 과거는 잊고…… 즈, 즐거운 미래를 개척해 나가야 하지 않을까요?"

나는 눈치를 살피느라 약간 더듬거리며 여쭤보았다. 할아버지는 굵은 눈썹을 찡그린 채 한참 생각에 잠겼다가 입을 열었다.

"훈아, 도보다리의 저쪽을 과거, 이쪽을 미래, 다리 자체를 현재라고 한번 가상해 보거라. 저쪽이 없으면 이쪽도 없다. 그리고 우리가 함께 손을 맞잡고 다리를 실제로 걸어가지 않는다면 우리가 바라는 목적지에 도달하지 못하겠지. 안 그렇니?"

"네……."

"지금 눈에 보이지 않지만, 저 다리 밑에선 아마 수많은 남북한 젊은 이들의 붉은 피가 흐르고 해골이 울부짖고 있을지 몰라. '우리는 왜 싸워야 했느냐! 그 결과는 무엇이냐? 아직도 동족끼리 서로 싸우고 있느냐!'라고 말이다."

할아버지의 눈시울에 눈물이 흐르진 않았으나 불그스레한 노을빛이 어렸다. 그건 안타까움이기도 하고 분노의 메아리 같기도 했다.

"할아버지, 공동경비구역은 어떤 곳인가요?"

내가 여쭤보았다.

할아버지는 마음을 다독인 후 이런 말씀을 하셨다.

"6·25전쟁 이후 군사정전위원회를 원만하게 운영하기 위해 군사분계선 상에 설치한 지역으로 공식 명칭은 군사정전위원회 판문점 공동경비구역이란다. 경기도 파주시 진서면에 위치하지. 내가 활약할 무렵까지만 해도 여러 사건들로 인해 긴장감이 감돌았으나, 이후 북측 지역의 판문각과 유엔군 측의 자유의 집은 각종 회담 장소로 활용되면서 우리 민족에게 분단의 상징이면서 대화와 교류의 장으로도 인식되고 있단다. 원래 공동경비구역은 군사정전위원회 관계자들이 구역 내에서 자유로이 왕래할 수 있는 일종의 완충지대였어. 그러나 1976년 북한군의 도끼만행사건 후 충돌 방지를 위해 군사분계선을 표시해 상대측 지역에 들어가지 못하게 금지되었지. 그러나 근무기간이 오래된 사병들은 안면이 있는 북한 병사와 판문점 내 감시카메라가 닿지 않는 곳에서 담배와 술을 주고받는 등 접촉을 하기도 했다더군."

"아하, 영화 〈공동경비구역 JSA〉는 보았는데 심각하면서도 재미있었지만 뭔가 좀 혼란스러웠어요."

"남북한의 대결 상황을 알면 좀 이해하기가 쉬울 수도 있겠구나."

"선생님이 말씀하시길, 남과 북 사이의 긴장 이면에 존재하는 동족 감정을 잘 그려 냈다는 평가도 받고, 또한 남북대결의 엄혹한 현실과 맞지 않는다는 비판을 함께 받았다고 하시더라고요."

할아버지와 통일

할아버지는 젊을 때의 고난이 떠오르는지 한숨을 쉬었다.

"아무튼 하루빨리 종전선언이 되고 통일까지 돼 휴전선 철조망도 공동경비구역도 남파·북파 비밀공작원도 없는 평화로운 세상이 왔으면……. 훈이 너는 북한이 너무 못살기에 통일이 되면 아무래도 우리가 북한에 많은 것을 베풀어야 할 것 같아서 뭔가 손해보는 느낌이 든다고 하겠지만. 길게 미래를 보면 꼭 그렇지만은 않단다. 통일이 되면 전쟁 걱정 없이 평화롭게 살게 된다는 얘기는 빼고, 나는 딱 한 가지만 얘기할란다. 북한에 귀한 지하자원에 많이 묻혀 있어 그걸 개발하면 물질적으로 부유해진다는 얘기도 빼겠다. 정말 중요한 건, 통일이 되면 우리가 반 쪼가리 땅을 벗어나 저 광활한 대륙과 바로 연결된다는 거야. 지리적으로만 그런 게 아니라, 우리의 마음과 정신 또한 반 쪼가리 불구의식을 벗어나 온전하게 건강해질 수 있지. 한번 가만히 눈을 감고 상상해 봐. 우리가 자손 대대로 정신적 불구자로 사는 게 좋을지, 아니면 우리 머리와 마음속의 휴전선과 지뢰를 싹 걷어 내고 맑고 밝은 보름달처럼 사는 게 좋을지를 말이야."

나는 눈을 감고 만주 대륙을 향해 포효하는 호랑이처럼 두 팔을 위로 쭉 뻗은 채 상상해 보았다. 하지만 떠오르는 건 광활한 벌판이 아니라, 콘크리트로 지은 학교 건물과 그곳에 갇힌 듯 학생들이 들어앉은 교실 풍경이었다. 숨이 막혀서 나는 눈을 뜨고 말았다.

"통일과 북한에 대한 생각이 갑자기 바뀌진 않겠지. 난 평생 생각해 왔는데도 아직 서투른데……."

할아버지도 손자인 나를 보면서 요즘 청소년들의 고민을 이해하려고 애를 쓰신다. 할아버지는 젊을 때 고난을 많이 겪었지만, 가능하면 긍정적이고 푸른 마음으로 사시려고 노력하는 것 같다. 날이 궂으면, 옛날에 나와 비슷한 나이 때 비밀요원이 돼 북한에 침투할 당시 입은 상처가 많이 쑤셔서 신음을 흘리시기도 한다. 그리고 육신의 고통보다는 기억 속에 떠오르는 마음의 고통이 오히려 더 큰 것 같아 보이기도 한다.

"이 땅을 생활 터전으로 삼은 사람들은 옛날부터 지금까지 아찔한 위기와 죽음의 고비를 수차례 넘고 넘었지. 훈이 넌 때때로 이런 생각이 안 드니? 인생은 왜 이토록 팍팍한 가시밭길일까? 바르게 살려고 나름 노력하는데도 왜 어긋난 진창길로 빠져 헤매며 울먹여야만 하는

가? 신을 원망해 보기도 하고, 자기 자신이 싫어 한숨 쉬다가 이마를 바윗돌에 쾅쾅 찧어 보기도 하고 말이야. 나라가 반쪽으로 갈라져 한 겨레끼리 서로 아웅다웅한다면 아마 미래에도 그런 사람이 많을 거야. 그런 상황은 우리 한민족의 의식뿐만 아니라 무의식마저도 사로잡고 있으니까 말이야. 하지만 절망하긴 일러. 다시 한 번 살아 나가려 파란 하늘을 쳐다보며 일어서야 해!"

할아버지는 두 주먹을 꽉 쥐고 부르르 떨었다.

"그때의 눈물 맛은 아마 영영 잊히지 않을 거야. 아, 어린 나이에 천애고아가 돼 가랑잎처럼 떠도는 신세. 누구에게 하소연할 데도 없고, 결국은 자기 스스로 한 발짝 한 발짝 걸어 나가야 하는 인생길! 하늘은 스스로 돕는 자를 도운다는 말을 가슴에 새기며 새로운 각오를 다져야지. 난 그래서 이름도 내가 직접 '청운'이라고 바꿔 버렸어. 푸른 하늘의 구름처럼 훨훨 날아다녀 보고 싶었는지 몰라. 하지만 그 무슨 운명의 장난인지, 나는 해골산에서 살인적인 비밀 훈련을 받고 휴전선 철조망을 넘어 북한으로 침투해 들어갔어."

"할아버지, 또 그 이야기 하시려구요? 지겨운데……."

나는 살그머니 일어나 빠져나갈 궁리를 했다. 할아버지는 고개를 설레설레 흔들며 말했다.

"우선 텔레비전부터 끄고 이리 와서 앉거라. 네가 초등생일 때부터 이야기를 들려주곤 했지만 이젠 너도 고등학생이 되니, 그 기이한 이야기를 가능하면 보태거나 빼지 않고 겪은 사실대로 펼쳐 보려고 해."

나는 마지못해 할아버지 앞으로 가서 앉았다. 그리고 속으로 꿍꿍이 셈을 꾸몄다. 들어 보다가 허풍이면 공부하러 간다고 핑계를 대고 빠져나가야지.

　"아직은 남북한이 분단돼 있는 상태라 공동경비구역도 존재하는 거겠지. 얘기를 듣고 나면 혼란스러웠다는 그 영화도 좀 이해하기가 쉬울 거야. 우리 한민족의 비극 그리고 나아가 통일에 대해 한번쯤 생각하는 계기가 되면 좋겠구나."

　"예."

　할아버지는 헛기침을 하고 나서 이야기를 시작했다.

차례

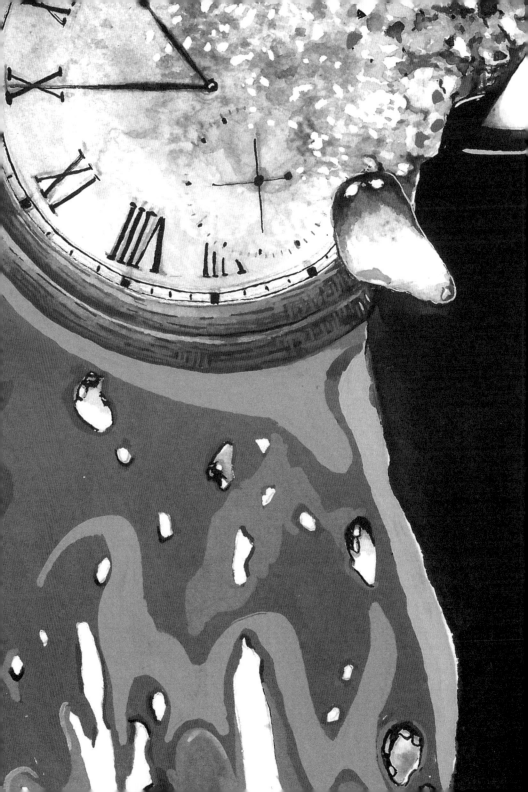

: 1부 :

1.
검은 선글라스의 남자

　부평초처럼 제주도 각지를 떠돌던 용운은 늦은 가을 어느 날 서울로 올라왔다. 부랑아 신세이기에 언제나 새끼 쥐처럼 몸을 낮추고 웅크려야 했다. 까딱 잘못해 경찰에 잡히기라도 하면 지옥 같았던 선감도의 선감학원으로 끌려가야 하는 죄인 아닌 죄인 취급을 받았다. 그래서 전국 각지를 하염없이 떠돌아다녔다.

　제주도에는 왜 갔던가? 그건 도망이라고 해도 좋았다. 서울에서는 일거리도 찾을 수가 없었지만 불안해서 안절부절못했다. 그래서 바다 건너 아무도 모르는 곳에서 방랑자처럼 살고 싶었다. 미지의 섬에서 진정한 삶을 찾아보고 싶었다. 몸과 마음속 깊이 파고든 상처도 씻어 버리고 싶었다.

하지만 도망자 신세인 용운은 그곳에서도 자유롭지 못했다. 그 당시 제주도에는 외지인이 별로 많지 않았기에 언제나 강렬한 빛이 반사되는 거울 앞에 서 있는 듯 급박한 심정이었다. 뭉그러지든 짓밟혀 없어지든 차라리 군중 속에서 부대껴 보는 게 나을 성싶었다.

명동 입구에서 잠시 멈칫거리던 용운은 번화한 거리로 들어섰다. 아직 한낮이라 네온사인은 켜지지 않았지만 오가는 사람은 많았다. 화려한 스카프와 코트로 멋을 낸 사람들은 초라하기 그지없는 용운을 흘기듯 쳐다보았다. 어깨가 움츠르드는 것은 어쩔 수 없었다. 용운은 을지로를 거쳐 동대문 쪽으로 무작정 걸어 올라갔다.

어렸을 때 떠돌던 청계천이 저 멀리 어렴풋이 보였다. 밤이 되면 명동 거리도 청계천도 더 화려하게 변할 것이다. 가로수에서 떨어진 낙엽이 이리저리 날아다녔다. 멍하니 동대문을 쳐다보고 있던 용운은 터덜터덜 발길을 옮겼다.

길 한쪽에 꾀죄죄한 두루마기 차림에 낡아 빠진 갓을 쓴 노인이 앉아 혼잣소리로 중얼대고 있었다. 바닥에 깔린 돗자리 위엔 너덜너덜한 책 몇 권과 붓글씨로 쓴 나무판대기가 놓여 있었다.

사주
관상
택일
작명
토정비결

용운은 슬슬 그 앞으로 걸어가 쪼그려 앉았다. 노인은 곁눈질로 흘끔 바라보고는 한마디 퉁겼다.

"흐흠, 고독살에다 역마살까지 끼었구먼."

"무슨 말씀이세요?"

"흥, 공짜로 들으려 하면 안 되지."

"전 아무것도 가진 게 없는걸요."

"사지가 멀쩡한 놈이 가진 게 없다니!"

"정말인데요."

"그 머루 같은 눈알과 주둥이 속의 하얀 이빨과 팔팔한 손은 뭐고?"

"예?"

"멍텅구리 녀석! 청춘 시절엔 살아 있다는 것 자체가 곧 천금 만금보다 귀중하니라. 허접스런 부귀영화는 거절하는 게 오히려 미래엔 도움이 되느니."

"저는 지금 암담할 뿐인걸요."

노인은 용운의 관상이라도 보려는 양 슬쩍 흘겨보았다. 헝클어진 장발 아래 핼쑥한 얼굴에는 먹지 못해 버짐이 피어 있었고, 행색은 초라하기 이루 말할 수 없었지만 눈동자만은 맑게 빛나고 있었다.

"고독살이 꼭 나쁜 것만은 아니란다. 물론 황량한 사막을 걷는 듯한 외로움은 있겠지만, 그럴수록 정신을 한데 모아 나가야겠지. 흠, 가련한 인생에게 보시나 해야겠고나. 그래, 사주가 어찌 되는고?"

노인이 말했다.

소년 비밀요원과 공동경비구역

"예?"

"태어난 해와 달, 날과 시가 언제냐 말이여."

"몰라요."

"몇 살인지는 알 것 아녀? 거참 보시하기도 힘들구먼."

"열여섯인지 일곱인지……."

"허어, 그럼 손바닥이나 내봐 봐."

"할아버지, 말씀이나마 고맙습니다. 하지만 제가 아직 어리지만 하도 고생을 많이 하다 보니 손금이 닳아서 희미해져 버린 것 같아요. 도대체 운명이란 미리 정해져 있는 것인가요? 자기가 만들어 가는 건가요? 이래도 저래도 힘들어서……."

"음, 나도 내 운명은 모른다. 조언을 해 주자면 역마살이 힘이야 들것지만, 그래도 남의 도움 받지 않고 살겠다는 각오가 중요해. 흐흠……."

용운은 사주팔자라는 글자를 가만히 바라보고 있더니 갑자기 벌떡 일어나 동대문을 뒤로 두고 내달렸다. 허기와 갈증으로 헉헉대면서도 이를 물고 뛰었다. 저 멀찍이서 경찰이 어떤 술주정뱅이를 체포하는 광경을 보고서야 그는 발을 멈추곤 심호흡을 한 후 천천히 걸었다. 그 자리를 겨우 벗어나서 또 심호흡을 했다.

"그래, 어차피 내가 살아야 할 내 인생이다. 나를 위해서 무엇부터 해야 할까?"

용운은 자신도 모르게 혼잣말로 중얼거리고 있었다. 누가 보면 영락

없이 정신 이상자로 보일 것이다. 그러나 상관없다. 그 때 문득 용운의 머리를 스치는 것이 있었다.

그래, 이름을 바꾸자!

어머니는 내가 태어나기도 전에 할아버지께서 미리 지어 놓은 이름이라 말했었지만 '선감도'에서 고통당했던 기억을 지우기 위해서라도 이름을 바꿀 필요가 있을 것 같았다. '용, 운' 나에겐 너무 버거운 이름이다. 용운은 혼자 고개를 끄덕거렸다.

"그럼 뭘로 지을까? 음, 용도 독수리도 없는 푸르디푸른 하늘에 떠가는 구름처럼 살고 싶어. 그렇다면 이제부터 내 이름은 청운이야. 하하."

그는 중얼거렸다.

"청운…… 아주 맘에 들어!"

용운은 이제 스스로 청운이 되었다.

청운은 문득 눈길을 돌려 멀리 희미해진 동대문을 쳐다보았다.

용운이라는 이름과 더불어 선감도를 잊으려 하니 그곳에서 만난 삐에로 형과 박꽃 누나가 떠올랐다. 너무 보고 싶지만, 그럴 수 있을지 모르겠다. 저절로 한숨이 나온다. 청운이 된 용운은 신설동을 거쳐 용두동 쪽으로 올라갔다. 잊고 있었던 허기가 배 속에서 깨어났다. 시원한 물을 마시고 싶었다. 그런 다음 쌀밥 위에 배추김치를 찢어 얹어 한입 먹었으면 원이 없을 것 같았다.

돈이 많으면, 언제든지 사 마실 수 있는 냉장고 속 사이다가 간절하지 않았을 수도 있다. 그러나 빈털터리라서 그런지 갈증은 더 나고 사이다 생각은 간절해지기만 했다. 청운은 지친 몸을 쉴 의자 하나 찾을 수가 없었다. 영세한 공장지대를 기웃거려 보기도 했지만 주민등록증을 보자거나 학력이나 경력 따위를 물어보는 탓에 엄두가 나지 않았다.

"쳇, 일만 잘하면 될 텐데 뭘 그리 따진담."

어쩔 수 없이 청운은 하루 벌어 하루 사는 막노동을 해 가며 겨우 생활했다. 어린 시절에 각설이 타령을 부르며 길바닥을 전전하던 때보다 더 힘들었다. 일거리가 늘 있는 것도 아니어서 굶는 적도 많았다. 그렇다고 그때처럼 구걸을 할 수도 없고, 깡패들을 따라다니고 싶은 맘도 없었다. 어떻게든 해서 자리가 잡히면 공부를 하고 싶었다. 그래서 헌책방에서 검정고시 강의록을 우선 한 권 사 검게 물들인 군용 점퍼 주머니에 넣어 다니며 틈틈이 읽곤 했다.

표지를 들추면 이런 글귀가 희미하게 인쇄되어 있었다.

캄캄한 밤하늘의 저 별들이 아름다운 건
그곳에서 저마다 독특하게 피어나려 애쓰는
눈에 보이지 않는 꽃 한 송이 때문이다.
황량한 저 사막이 아름다울 수 있는 건
아득한 그 어딘가 맑은 샘물을 감추고 있기 때문이다.
별이나 사막이나 혹은 인간을 진정 아름답게 하는 건
눈에 보이지 않는 법이다.

현실이 삭막해서 그런지 앞날이 캄캄해선지, 이 시구절을 읽으면 청운은 자신의 가슴속에 걸려 있는 검은 거울을 보는 것만 같았다. 미래는 비칠 듯 말 듯 어른거리는 그림자 같을 뿐 결코 보이지 않았다.

'나는 왜 이렇게밖에 못 사는 걸까? 마치 황량한 사막을 헤매는 낙오자 같아.'

심한 갈증이 입보다는 마음속으로 몰려왔다. 그래서 굶주림에 시쳐 노숙을 할 때에도 밤하늘을 쳐다보며 별들에게 애기를 걸곤 했던 것이다.

제기동 시장 앞에서 한 남자가 중얼거리고 있었다. 벌겋게 단 화덕 위의 석쇠엔 껍질이 벗겨진 뱀들이 놓여 소리 없이 입을 쩍쩍 벌리며 꿈틀거렸다. 산 몸뚱이에서 기름이 방울져 떨어지며 지글댔다. 남자는 단말마도 못 지른 채 질긴 목숨이 끊어진 뱀이 노릇노릇하게 익으면 집게로 집어 대나무 바구니에다 가지런히 담았다. 그러고는 입으로는 계속 떠들며 마대에서 산 뱀을 꺼내어 대가리에서부터 단숨에 껍질을 벗겨 내렸다. 핏물이 배어난 뱀의 몸뚱이는 불 위에 놓이기 전 남자의 팔목을 감으며 파르르 떠는 것처럼 보였다.

그 남자가 눈을 들어 청운을 쳐다보며 만병에 특효라며 빙긋 웃는데, 그 눈이 마치 탁하고 노르스름한 게 뱀의 눈을 닮은 것만 같았다.

"만물의 영장이라는 인간보다 더 영물이여. 안 먹으면 손해랑게."

청운은 고개를 흔들며 발길을 옮겼다. 저 앞에 벽면이 온통 하얀 고층 건물이 서 있었다. 긴장이 갑자기 풀려 버렸는지 터덕터덕 걸으며 서글픈 웃음을 흘렸다. 그는 그 건물 안으로 들어갔다. 그곳은 매혈, 즉 피를 파는 곳이었다.

얼마 후 청운은 아까보다도 더 휘청거리는 걸음으로 그곳 계단을 걸어 나왔다. 하지만 조금쯤 밝은 얼굴로 단팥빵 봉지를 뜯고 있었다. 이어 빵을 한입 베어 물려는 순간이었다.

"어이, 젊은 피가 아깝지도 않나?"

굵직한 목소리가 들려왔다. 청운은 빵을 입에서 떼며 곁눈질로 살폈다. 검은 선글라스를 낀 남자가 옆에서 웃고 있었다. 진회색 양복 위에 검정 코트를 걸친 모습이 보통 평범한 사람으로 보이지 않았다.

"상관 마슈."

청운은 빵을 씹어 먹으며 대꾸했다.

"피를 왜 그렇게 헐값에 내버리나? 죽는 길도 많다만 살길도 많은데……."

청운은 슬쩍 상대방을 살폈다. 혹시 경찰이나 선감학원에서 나온 사감이 아닌가 싶어서였다. 그는 허연 이를 내보이며 빙긋 웃었다.

"너, 노다지 한번 캐 보지 않을래? 피 팔다 죽는 것보다 금덩이 속에 묻혀 죽는 게 낫지 않겠어?"

"아저씨는 누구세요? 꼭 사기꾼 같구만."

남자는 정색을 했다.

"그런 소리 마라. 난 대통령을 보좌하시는 분의 심부름꾼일 뿐이야. 이건 국가를 위한 일이란 말이야."

"예?"

"순진하긴. 네가 선감학원에서 도망친 놈이란 사실도 이미 알고 있다. 흐흠, 생각이 있으면 조용히 따라오고 안 그러면 당장 꺼져."

선글라스는 당당한 모습으로 걸어갔다. 청운은 주위를 살피며 급히 머리를 굴렸다.

'도망칠까, 저자를 따라갈까? 일단 도망가자!'

청운은 발을 떼었다. 그런데 문득 머릿속에 선감학원에서 겪었던 기억들이 떠올랐다. 선글라스는 마치 낚싯바늘이라도 청운에게 걸어 놓은 듯했다. 청운은 천천히 뒤따랐다.

"까짓것, 죽든 살든 어차피 지옥이긴 마찬가지야."

그가 청운이 들으라는 듯 중얼거렸다. 그러더니 길가의 라일락 다방 앞에서 힐끗 뒤돌아보더니 회심의 미소를 지으며 안으로 들어갔다. 청운도 따라 들어갔다. 마담의 인사를 못 본 척하고 구석 자리에 가서 털썩 앉았다.

"내가 뭐 저승사잔 아니니 겁먹지 말구 앉으라구. 어이, 여기 칼피스 두 잔 가져와!"

검은 선글라스 위에 불빛과 다방의 풍경이 반사되곤 했다. 청운은 상대의 꾸밈새를 무시하듯 고개를 숙여 버렸다.

"제가 선감도에 있었다는 건 어떻게 알았죠?"

입가로 슬쩍 미소를 흘리더니 선글라스는 명함 하나를 꺼내 청운 앞으로 내밀었다.

소년 비밀요원과 공동경비구역

직함이 선명히 찍혀 있었다.

"흐흐, 쉽게 알 수가 있지. 죄인의 냄새가 나거든⋯⋯. 그것보담 우리가 모든 죄인을 감시하고 있다는 편이 더 정확하겠군."

"난 죄가 없어요! 억울하게 끌려간 것도 원통한데⋯⋯."

"흠, 사실은 그닥 중요치 않아. 그런 곳에서 썩었다는 게 문제지."

"난 썩지 않았어요. 그런 식으로 말하지 마세요!"

"물론 지난 일보다 미래가 더 중요해. 사실, 선감학원 출신들도 내가 몇 명 다뤄 봤어. 깡다구가 있지, 하하. 멀리 부산에 있는 형제복지원에서도 애들이 자원해서 올라온다구."

"예?"

"놀라지 말고 차나 마셔."

선글라스는 찻잔을 들어 혀를 축였다. 청운은 저도 모르게 따라 하려다 멈추었다.

"어쨌든 군대는 가얄 것 아냐. 군대 물을 먹어 봐야 철부지 소년에서 성인다운 청년이 된단 말이야. 더군다나 여긴 일반 부대가 아니라 대한민국 최고의 특수부대거든."

청운은 잔을 들어 검붉은 빛이 도는 차를 한 모금 마셨다. 달콤 쌉쌀한 맛이 은근히 향기와 함께 뇌 속으로 스며들며 기묘한 환상을 자아낼 듯했다.

"그런데 왜 이런 곳에서 나 같은 부랑아를. 훌륭한 사람들이 많을 텐데……."

청운은 선감학원이라는 말에 자꾸만 꺼림칙했다.

"흠, 내가 말하는 특수부대는 잘났거나 돈 많다고 갈 수 있는 곳이 아니야. 우리 한민족을 위해 일한다는 지극한 애국심과 사명감을 가진 심신이 건강한 사람이 아니면 불합격이야."

"제겐 그런 애국심이 없어요."

"왜?"

"외딴섬에 어린애들을 가둬 놓고 죽이는데도 아무런 도움도 주지 않는 게 무슨 나라예요! 그렇게 해도 좋다고 허가해 줬다는 얘기도 있어요."

"지난 일은 잊어버려. 인생만사 희비쌍곡선이야. 그래서 이번엔 우리 국가에서 기회를 주려 하잖아."

"무슨 기회죠?"

"잘 들어. 간단히 말하겠다. 네가 만약 민족사업에 동참한다면 국가는 여러 가지 특혜를 베풀어 줄 것이다. 우선 입대와 동시에 모든 전과가 말소된다. 일정 기간 임무수행 후 제대할 때면 깨끗한 유공증명서와 주민등록증이 발급될 것이다. 주민등록증 없인 하루도 숨 쉬고 살

소년 비밀요원과 공동경비구역

수 없는 사회니깐 말이야."

청운은 저도 모르게 침을 꿀꺽 삼켰다. 어린 날부터 이때껏 부랑아로 세상의 길바닥을 떠돌면서 얼마나 불안하고 비루했던가. 인간답게 한번 살고 싶었다.

선글라스는 청운의 속내를 뚫어 보는 듯 엷은 미소를 입가에 띠곤 말했다.

"뿐만 아니라 우리의 정보망을 가동해서 네 고향과 부모를 찾아 준다. 그 정돈 쉬운 일이야."

"정말인가요?"

"흥분하지 마라. 그런 특혜들은 입대 후 주어진 임무를 완벽히 수행해 냈을 때 가능한 것이니까 말이야."

청운의 눈빛이 흔들렸다. 선글라스는 한참을 다방 한구석에 놓인 어항 속을 헤엄치는 금붕어들을 바라보다가 곧 시선을 들어 창밖 저 멀리 푸른 하늘을 나는 새들을 물끄러미 쳐다보았다. 그러더니 더 유들유들해진 목소리로 불쑥 한마디 던졌다.

"고민할 게 없는데 뭘 그러냐? 일반 군부대보다 교육 훈련이 빡세다는 사실은 미리 알려 주니까 심사숙고한 뒤 결정해라. 일정 훈련이 끝나면 특수요원으로 임명돼 영화 〈007〉에 나오는 제임스 본드처럼 멋지게 활동하며 살 수 있다. 특수요원이 되는 순간 국가의 명령 외엔 아무도 너를 건드릴 수가 없다. 그리고 무엇보다도 중요한 건 돈 아니겠나? 차곡차곡 쌓아 놓은 월급과 특별 상여금을 제대 때 합산해 고급주

택 열 채를 살만한 돈을 일시불로 지급해 준다. 또한 원한다면 공무원으로 특채돼 마치 암행어사처럼 근속할 수도 있어. 느긋이 팔도강산을 여행하면서 자신의 영광을 만들어 내는 것이지.”

사실 청운은 돈 같은 건 크게 관심이 없었다. 차라리 10만 원이나 100만 원이라고 했다면 좀 더 구체적으로 욕심이 생겼을까? 그런 거액은 현실성을 넘어 환상의 불꽃놀이처럼 느껴졌다. 그런 환상엔 별 관심이 없었으나 ‘고향’과 ‘암행어사’란 얘기엔 은근히 마음이 흔들렸다.

“해 보겠습니다.”

청운은 심각한 표정으로 말했다.

“그래, 잘 생각했어. 봉 잡은 거라구. 그것도 국가의 봉황 깃을!”

선글라스 사내는 모처럼 입꼬리를 활짝 올려 웃었다.

“그럼, 오늘은 어디 여인숙에 들어가 조용히 지내고, 내일 아침 6시까지 청량리역 시계탑을 기준으로 왼편 구석에 붙은 헌병 분소 앞으로 나오면 된다.”

그러더니 선글라스는 지갑에서 지폐 몇 장을 뽑아 청운에게 주었다.

2.
조국과 민족의 무궁한 영광을 위하여

석양이 다이아몬드처럼 빛나며 서산마루에 걸려 있었다.

청운은 길가의 녹슨 깡통이나 돌멩이를 차며 동대문에서 청량리 쪽으로 걸음을 옮겼다. 이전처럼 맥 빠지지 않고 오히려 들뜬 기운을 억누르려는 표정이었다. 경찰서나 순경을 봐도 움츠러들지 않고 조금쯤 뻐기는 태도를 내보이기도 했다.

그 때 어디선가 애국가가 울려 퍼지기 시작했다. 행인들은 마치 인형처럼 그 자리에 우뚝 멈춰 가슴에 손을 올렸다.

"우리는 자랑스러운 태극기 앞에 조국과 민족의 무궁한 영광을 위하여……."

청운은 그냥 깡통을 차면서 생각에 잠겨 걸어갔다.

"야, 임마! 너 이리 와!"

굵은 목소리가 청운을 불러 세웠다. 돌아다보니 순경이었다.

"왜 그러죠?"

"뭐, 왜냐구? 얌마, 너 북한에서 내려온 간첩 아니야?"

"웃기지 마슈."

"애국가 앞에서는 대통령 각하께서도 엄숙해지시는데 감히 너 따위가!"

"난 그런 형식적인 애국이 아니라 진짜 애국하러 목숨 걸고 떠나는 몸이우. 나라가 나라답게 대해 줘야 애국가 부를 마음도 생기지."

"이거 미친 놈 아냐?"

"그래, 미쳤다고 칩시다. 그러는 아저씨는 왜 엄숙하게 경례하지 않고 딱딱거리시우?"

"응? 그렇지! 너 거기 잠깐 서 있어. 경례 끝나고 어디 보자!"

순경은 갑자기 로봇처럼 부동자세로 서서 가슴에 손을 얹었다.

"몸과 마음을 바쳐 충성을 다할 것을 굳게 맹세합니다."

청운은 녹음된 성우의 맹세문을 들으며 계속 걸었다.

'그런데 이 나라는 내게 무엇을 해 주었지? 조국과 민족이라니. 나는 그딴 거 모르겠다. 그냥 여기 사는 사람들이 굶주리지 않고 자신이 하고 싶을 일을 할 수 있는 나라면 좋⋯⋯.'

미처 생각의 끄트머리에 다다르지도 않았는데 억센 손아귀가 어깨를 거머쥐었다. 아까 로봇같이 경례하던 그 순경이었다.

"너 쓴맛 좀 봐야겠다. 순순히 따라오지 않으면 수갑을 채워 연행하겠다. 만약 반항할 시엔 이 권총이 네 이마를 박살 낼 것이다!"

"애국하러 가는 사람을 막다니 우습네. 흐흐……."

"이 자식이 정말 미쳤나 보군. 농담이 아니야!"

순경은 권총을 들어 청운의 머리를 겨냥했다.

"또 지랄하면 나도 못 참는다. 이 방아쇠를 당기는 순간 넌 개돼지의 시체와 비슷해지는 거야. 대한민국의 위대하고 장엄한 전진을 훼방 놓는 놈들은 즉결처분에 처한다! 상부의 지침이니 원망하진 마라."

순경은 자신의 누르스름한 얼굴로 지을 수 있는 가장 험악한 표정을 지으려 애쓰며 최후통첩을 했다. 이마에 작은 땀방울이 돋아날 정도로 진지하고 심각한 모습이었다. 청운은 입을 쩝 한 번 다셨다.

"쏘더라도 이걸 본 뒤에 쏘슈."

그러고는 주머니에서 선글라스 사내로부터 받은 명함을 꺼내 내밀었다.

"뭐야, 이게? 꼼짝 말고 가만 서 있어!"

순경은 심드렁한 표정으로 명함을 받아 들곤 쓱 훑어보더니 천천히 신음을 흘리며 돌려주었다. 갑자기 그의 눈엔 연민의 기색이 돌면서 목소리도 너그러워졌다.

"잘 가게. 조국과 민족을 위하여……."

순경은 악수를 청했다. 청운이 그의 손을 잡자 순경은 열정적으로 흔들어 대면서 머리도 세차게 끄덕였다. 그 바람에 모자가 벗겨져 떨어져 내렸다. 드러난 대머리에 석양빛이 한 점 비춰 반짝거렸다.

청운은 다리가 아픈 줄도 모른 채 생각에 잠겨 걸었다. 여덟 살 어린 나이에 부모를 잃고 비렁뱅이로 헤매 다닌 길이었다.

'아, 선감도에서 말 못할 고생을 겪었으면서도 아직도 나는 엄마 품을 그리워하는 어린애구나! 이제 어른인데, 스스로 노력하지 않으면 하느님이 도와주려 해도 안 될 거야.'

어느덧 청운은 청량리역 광장 앞에 서 있었다. 이미 어둠이 내리고 불빛들이 켜지기 시작했다. 작은 불빛 한 점 속에서 수많은 추억을 되새기다 보니 어둠도 정겨웠다.

싸구려 여인숙에서 하룻밤을 지낸 청운은 새벽 어스름이 걷히기 전 여인숙을 나섰다. 바람이 꽤 차가웠다. 역전식당에서 해장국밥 한 그릇을 사 먹은 뒤 광장을 거닐며 시계탑과 반대편 구석에 붙은 헌병 분소를 번갈아 바라보았다. 집결 시간인 6시까지는 아직 10분쯤 남아 있었다.

'갈까, 말까?'

청운은 고민에 빠져 망설였다. 인생의 갈림길 앞에 서서 막상 결정을 내려야 할 순간을 맞닥뜨리자 공포감이 가슴을 짓눌렀다. 그냥 발길을 돌려 도시의 뒷골목이나 떠돌든지 꿈속의 고향을 찾아가든지 하고 싶기도 했다. 하지만 발을 떼려는 순간 새로운 세계에 대한 호기심과 선글라스를 낀 남자와의 약속이 가슴을 뛰게 했다.

'아, 어찌할까?'

시계탑의 바늘은 점점 6시를 향해 올라갔고, 여명이 서서히 어스름을 걷어 내고 있었다. 뜸하게 들려오던 차량의 굉음이 차츰 심해지고 행인들의 발소리도 잦아지며 도시의 하루가 열렸다. 청운은 아랫입술을 깨문 후 집결 장소를 향해 발걸음을 옮겼다.

"안녕!"

청운은 누구에게 보내는지 모를 작별인사를 중얼거렸다. 헌병 분소 한옆에 모닥불이 타닥타닥 소리와 함께 타오르고, 그 주위에 입성이 누추한 네댓 명의 새파란 청소년들이 독특한 표정을 지은 채 어깨에 힘을 넣거나 건들거리고 있었다. 머리와 수염을 텁수룩이 기른 놈, 광대뼈 위에 칼자국 같은 흉터가 난 얼굴들이 모닥불 빛을 받아 괴상하게 번들거렸다. 헌병 분소 안엔 전등불이 켜져 있고 근무자도 보였지만 문은 꽉 닫힌 상태였다. 그런 와중에도 추레한 몰골들이 하나둘씩 계속 모닥불 앞으로 모여들어 열댓 명 가까이 되었다.

시곗바늘은 이미 6시를 넘어섰다. 날이 밝아 올수록 모닥불 빛은 희미해졌다. 그제야 헌병 분소 문이 열리더니 선글라스를 끼고 군용 점퍼를 걸친 중년 남자가 걸어 나왔다. 청운이 처음 만났던 그 선글라스 남자는 아니었다. 짧은 머리에 모자를 쓰지 않았고 견장에도 계급장이 붙어 있지 않았다. 그 중년 선글라스는 모닥불가에 둘러선 새파란 젊은이들을 슥 살펴보더니 굵직한 목청으로 입을 열었다.

"지금부터 점호를 하겠다. 호명하면 조용히 손만 들어라. 그리고 저쪽으로 가서 차례대로 줄을 지어 앉아라."

중년 선글라스는 서류를 들고 한 명씩 호명하기 시작했다. 그리고 얼마 후였다.

"윤청운!"

아무런 대답이 없었다.

"윤청운, 없나?"

중년 선글라스의 목소리가 좀 높아졌다. 청운은 자기 이름이 불리길 기다리고 있었으면서도 입을 열지 않았다. 스스로 이름을 바꾸었지만 불러 주는 사람도 별로 없었고, 더구나 공적인 자리이니만큼 '윤용운'이란 본명이 불리리라고 착각하고 있었기 때문이었다. 멍청한 착각을 언뜻 알아챈 것은 서너 사람이나 더 호명돼 나간 다음이었다.

"아까 부른 윤청운 여기 있습니다!"

손을 들고 외치자 여기저기서 웃음소리가 터졌다. 중년 선글라스는 싸늘한 일갈로 그런 소란을 제압했다.

"너 이리 나와."

청운이 나가자 구둣발이 정강이뼈를 세게 찼다.

"너 같은 놈을 일반 군대에서는 '고문관'이라고 부르지. 그러나 우리가 가는 곳엔 그런 시시껄렁한 것이 없다. 왜냐? 덜된 놈은 죽기 때문이다. 싫으면 잡지 않을 테니 당장 떠나라! 이건 이 꺼벙이뿐만 아니라 여러분 모두에게 해당된다."

꺼져 가는 모닥불처럼 아무도 말이 없었다.

'에라, 거절하는데 굳이 갈 필요가 없지. 내 길을 가자. 더 좋은……'

청운이 그렇게 생각하고 느긋해지려는 순간이었다. 시커먼 두 동물 같은 게 큰길 쪽으로부터 역 광장으로 시근벌떡거리며 달려왔다. 앞에 선 놈은 도망자고 바짝 뒤따르는 놈은 추격자인 모양이었다.

"도둑 새끼! 잡히는 순간 넌 죽은 목숨이닷!"

두 사내는 시계탑을 가운데 두고 빙빙 돌며 도망과 추격을 계속했다. 아무 말도 없이 헉헉대며 달릴 뿐이었다. 서너 바퀴나 돌았을까, 도망자의 동작이 슬로비디오처럼 느려졌으나 추격자도 마찬가지여서 잡히진 않았다. 도망자는 마침내 심장이 터져 버릴 만큼 헐떡이면서 진로를 바꿔 헌병 분소의 모닥불 쪽으로 부나비처럼 양팔을 퍼덕거리며 달려왔다. 그러더니 마치 골인 지점을 통과한 마라토너가 감독이나 동료의 품에 안기듯 앞에 서 있던 청운의 품속을 파고들며 무너져 내렸다. 곧이어 추격자의 몸뚱이도 덮쳐 왔다.

청운은 비틀거리면서도 쓰러지지 않고 버텼다. 어쨌든 간에 일제 식민지 때 나라 잃은 설움을 달래 준 손기정 선수만큼은 아니더라도 생존경쟁으로 요란스런 청량리 바닥에서 우승과 준우승을 한 사람들을 쓰러뜨려서는 안 된다는 생각 때문이었다.

"야, 너희들 뭣 하는 놈들이야!"

중년 선글라스가 언성을 높였다.

"이 개자식이 술이랑 안주랑 잔뜩 처먹고는 도망을 치잖아요. 이 개놈 새끼!"

추격자는 도망자의 멱살을 꽉 쥐어 잡은 손을 떨며 말했다.

"그게 사실이야?"

"예, 그랬긴 하지만 이 웨이터 자식이 야구 방망이를 들고 와서 겁을 주며 패려는 바람에……."

그의 손은 자기 멱살을 잡은 손을 잡아 비틀고 있었다.

"웨이터, 사실이야?"

"예, 이 개망나니 놈이 말이죠. 자기가 무슨 비밀 특수부대 요원이라면서 거들먹거리기에 가짜 색출 차원에서 손 좀 봐 주려 했어요. 허헛, 개도둑놈 따위가 무슨 특수요원이라구."

"술값이 얼마지?"

"술값이 문제가 아니죠. 양심 없는 도둑놈이나 사기꾼은 때려 족쳐야 해요."

"알았으니 넌 그 손을 놔. 그리구 넌 이리 좀 와 봐."

그는 더벅머리 녀석의 머리칼을 잡아끌었다.

"너 왜 사기 치고 그래? 죽을래?"

"그게 아니고, 저도 여기 지원서를 썼는데 막상 오려니까 왠지 긴가민가하기도 하고 또 좀 쓸쓸해서……."

"이름이 뭐야?"

"이충길입니다."

"음, 저쪽 줄로 가 앉아!"

이충길은 갑자기 의기양양해진 표정으로 추격자를 슬금 쏘아보곤 대열에 합류했다.

소년 비밀요원과 공통경비구역

"아니, 도대체 아저씨가 뭔데 저 도둑놈을 놓아 줘요?"

이충길의 추격자는 노발대발한 나머지 입가에 허연 거품마저 일었다.

"웨이터, 말조심해! 그깟 술 몇 잔 가지고 지랄하면 우리가 슬퍼져. 얘들은 지금 몸을 바쳐 나라를 위해 가는데 말이야."

"저도 죽겠네요. 술값을 받아 가지 않으면 큰형님들한테 혼난단 말예요."

"너희 그 큰형 놈들까지 콩밥 먹게 하지 않으려면 곱게 꺼져!"

웨이터는 기가 막히는 모양이었다.

"아니, 대체 이런 법이 어딨어요? 그럼 나도 나라를 위해 지원할랍니다. 지옥 끝까지라도 따라가 염라대왕님 앞에서 술값을 받아 내야죠."

"흠, 너 같은 꼴통도 필요할 때가 있겠지. 이름과 나이는?"

"박남호, 열일곱입니다."

"저쪽으로 가서 서 있어."

그런 중에도 몇 명이 더 왔다. 중년 선글라스는 서류를 들고 호명을 계속했다. 스물다섯 명 중에 두 명만 도착하지 않았다. 선글라스는 헌병 분소 안으로 들어갔다가 차 한 잔 마실 시간쯤 지나서 나왔다.

짙은 카키색 차양막이 쳐진 군용 트럭 한 대가 굉음을 내며 오더니 헌병 분소 앞에 멈추었다. 시동을 끄지 않아 맹수가 목을 울려 으르렁대는 듯한 소리를 냈다. 운전석과 조수석의 문이 거의 동시에 열리더니 사복 차림의 건장한 사내 세 명이 뛰어내렸다. 그리고 곧장 중년 선글라스 앞으로 가더니 거수경례를 올려붙였다.

"음, 수고가 많군. 모두 스물네 마리다. 잘 호송하도록!"

중년 선글라스는 들고 있던 서류철에서 한 장을 뽑아 가장 가까이 선 젊은 남자에게 건네주었다. 그런 다음 대열을 지어 선 젊은이들을 향해 명령을 내렸다.

"여러분들은 이제 국가의 명을 받고 위대한 사명을 수행하러 떠나는 몸이다. 그 무엇도 두려워할 것이 없다. 국가의 윗분이 보증하니까. 자, 지금부터 차례대로 힘차게 번호를 외치면서 승차한다. 시작!"

아직 부드러움을 잃지 않은 청소년들의 몸이 지렁이처럼 생동하며 트럭으로 올랐다. 장막이 닫히기 시작하자 중년 선글라스가 목청을 울렸다.

"열심히 노력해서 모두 낙오자 없이 유종의 미를 거두기 바란다."

아무런 대꾸도 없었다. 트럭은 그르렁거리며 방향을 바꿔 청량리역을 뒤에 두고 떠나기 시작했다. 청운은 슬픈 추억이 어린 그곳을 바라보며 작별인사를 하고 싶었으나 장막이 가려져 버려 맘속으로 '잘 있어.'라고 할 수밖에 없었다. 서울 시내를 벗어난 트럭은 차츰 속도를 올렸다. 컴컴한 장막 속에서 아무도 말이 없었다. 바깥 풍경을 보지 못한 채 흔들리며 내달리는 차체에 몸을 맡기고 있으려니 청운은 세상이 실제로 빙글빙글 돌아가는 듯한 착각 속에 빠졌다. 그 와중에도 코를 살짝 골며 잠든 놈도 있었으나 대개는 긴장한 모습이었다.

'어딘지도 모르는 곳으로 팔려 가는 소나 돼지나 개는 혹시 이런 심

정이 되지 않을까?'

청운은 속으로 생각했다. 해가 떴는지 장막 안으로 빛이 새어 들었다. 포장도로는 끝나고 차는 잔돌을 밟으며 심하게 덜컹거렸다. 시골길인지 호젓한 산기슭인지 모르지만 해맑고 기이한 새소리가 들려왔다. 그런데 아직 군대에 갈 나이도 아닌 우리들을 끌고 가서 대체 어디에 쓰려는 건지 청운은 마음에서 의심을 지울 수가 없었다.

간간이 스쳐 가던 다른 차 소리나 행인의 말소리조차 끊어진 걸로 보아 아주 외진 곳인 듯했다. 짐짓 대범스런 표정으로 헛기침을 흠흠 뱉는 놈도 있었지만 그 또한 다른 애들이 느끼는 초조감을 다른 방식으로 표현한 게 아닐까 싶기도 했다. 갑자기 누군가 말을 꺼냈다.

"저, 성님요……. 오데로 가는진 뭐 알고 싶은 생각도 없고 또 알 필요도 없겠지만요. 오줌통이 꽉 차서 터져 삐릴 거 같으니까네 잠시 차 좀 세워 주이소."

눈이 작고 입술이 두꺼운 사내였다.

"다 왔으니까 조금만 참아. 그것도 훈련의 하나라고 생각하면 견딜 수 있을 거다. 너희들은 앞으로 범상한 인간을 넘어 초인이 되어야 하니까."

호송자가 삭막한 목소리로 대꾸했다. 군용 트럭은 30분쯤 더 가서야 속도를 늦추고 차츰 매끄러운 길로 진입해 가는 느낌이었다.

"충성!"

구호를 무시하듯 트럭은 엔진 소리를 슬쩍 한 번 높였다가 가라앉혔다. 청운은 장막 속에 앉아서 바깥의 광경을 상상해 보았다. 아마 어느 외딴 군부대의 고요한 연병장이 아닌가 싶었다. 이윽고 트럭은 끼익 소리를 내며 멈추었다. 적막이 장막 안의 어둑한 공간을 감쌌다.

"여기가 어딜까? 쌀쌀한 게 서울보다 훨씬 북쪽인 것 같은데⋯⋯."

누군가 말했지만 긴장감 때문인지 아무도 대꾸하지 않았다. 운전석 쪽의 차 문이 열리고 닫히는 소리와 함께 발소리들이 뒤로 뛰어오더니 장막을 열어 주었다. 산간 지역 특유의 신선한 공기가 흘러 들어왔다. 사복 호송원이 굵은 목청으로 명령을 내렸다.

"한 명씩 빠르고 질서정연하게 내려서 저쪽에 이열 종대로 선다, 실시!"

그러려고 노력은 했다. 하지만 오랫동안 웅크려 앉아 있었던 다리엔 쥐가 날 뿐더러 오줌보가 꽉 찬 탓인지 젊은이들은 신음 소리를 내며 거북이처럼 느리게 움직였다. 대충 줄을 지어 선 다음에도 엉거주춤한 채 발을 동동 구르는 녀석도 보였다. 인원 점검을 하는 도중에 철조망이 쳐진 으슥한 담벼락에다 오줌을 갈기던 경상도 녀석은 조인트를 까인 뒤 끌려오면서도 신이 나는 표정이었다. 정말 웃기는 놈이다. 또 어떤 놈은 강력한 조인트 공격을 당하곤 고통을 못 이겨 팔딱팔딱 뛰었다.

"10분간 휴식!"

호송원의 정식 명령이 내리자 이열 종대로 줄지어 화장실을 향해 갔다.

3.
선감학원의 스라소니

볼일을 마치고 나온 청운은 벽에 기대어 선 채 하늘을 쳐다보고 있었다. 태양이 중천에 뜬 채 살아 숨 쉬는 보석처럼 찬란한 빛을 뿌렸다. 푸른 허공에 까마귀 여러 마리가 떼 지어 자유롭게 날며 떠돌았다. 무리가 리더를 따라 떠나간 후 홀로 남은 한 마리는 점점 높이 솟아올라 유유히 푸른 하늘을 날아다녔다. 언젠가 어린 시절에 날려 보았던 꼬리 달린 종이 연 같다는 생각이 들었다. 그는 마음의 줄을 그 새 연에 연결해 높이높이 떠오르길 기원했다. 그 때 누군가 다가와서 어깨를 툭 치며 말했다.

"야, 너 혹시 용운이 아니냐?"

"누구신지?"

청운은 상대를 유심히 살펴보면서 물었다.

"허, 요새 신세가 핀 모양이구나야. 나 선감학원에 있던 스라소니야."

상대는 날카롭게 쭉 찢어진 눈꺼풀 속의 노르스름한 눈동자를 이리저리 굴리며 씩 웃었다.

"음, 스라소니 눈이구나."

청운은 속으론 뜨끔했으나, 여기서 꿀렸다간 또 선감지옥에서 당한 악몽이 되풀이될까 봐 두려워 미리 싸늘히 대꾸했다.

"짜식, 많이 컸군. 그렇다고 그 시절의 사실이 어디 가냐? 이제 선감학원 반장은 아니지만 그래도 형님뻘인데……."

"까불지 마라. 여차하면 너도 죽고 나도 죽는다. 네가 가엾은 애들에게 한 짓을 뉘우치지 않는다면 말이야."

언젠가 놈이 엄마의 조각상에 사악한 짓을 하던 기억을 떠올린 청운은 주먹을 꽉 쥐곤 노려보았다.

"아유 무서워! 야, 알았다, 알았어. 나도 뭐 거기서 좋아서 그랬겠냐? 실상 나도 지옥에서 살아남기 위해 그랬고, 내가 아니었다면 다른 어떤 놈이 상명하복의 규율에 따라 또 그랬겠지. 흐흐, 그런 거대한 수용소를 운영하려면 잡놈들을 통제키 위해 다소 과격한 경우가 생기기도 하는 거야."

"넌 좀 심했어. 일신의 만족을 위해 불쌍한 아이들을 괴롭힌 악마 새끼 같으니!"

"야, 이 꼴통 괴짜 같은 자식아. 남들 듣는 데서 무슨 자랑이라고 다 까발릴래? 그러지 말고 우리끼리 힘을 모아야지. 임마, 나도 그 지옥을 못 견뎌 결국 탈출해 온 몸이야."

"흥, 넌 아마 살인이라도 저지르고 도망쳐 왔을 거야."

"이 자식이, 거기서 사람 하나 죽는 건 다반산데 뭣이 무서워 내가 도망치겠냐? 진실한 삶을 찾아 빠삐용처럼 목숨을 걸고 탈출했단 말이야."

"어떻게?"

"뭐, 그게 꼭 거센 파도를 뚫고 영웅적으로 탈출해야만 좋냐? 왜 그런 우둔한 짓을 하냐. 음, 난…… 사리 날을 잘 잡아 유유히 휘파람 불며 걸어 나왔어."

"흥, 스라소니가 아니라 여우로군."

"야, 살기 위해서는 뱀인들 못 되겠냐? 사람 속엔 모든 동물이 다 들어 있을걸."

"웃지 마. 징그러워."

"흐흐……. 그런데 넌 왜 선감학원에서 쓰던 그 좋은 이름을 바꿨냐? 무슨 죄라도 지었냐?"

"또 선감도 타령이야? 그런 악마 소굴에 들어가면서 본명을 대는 놈이 병신이지."

"흐흐, 그럼 진짜 본명은 청운이라구?"

"진짜 본명은 따로 있어."

청운은 희미하게 미소 지었다.

"이 자식이……."

스라소니는 미간에 인상을 한 번 그었으나 곧 간살스레 웃었다.

"그래, 알았다. 알았으니 반말 찍찍 까는 것까진 좋은데, 제발 무시하지 말고 형이라고 좀 불러라."

"왜 그래야 하지?"

"까짓 선감학원 선배라곤 않겠다. 허지만 사실 한두 살이라도 인생 짬밥이 있잖냐 말이야."

"쳇, 나도 과거는 묻지 않겠어. 앞으로 형답게 행동하면 형이라고 불러 줄게. 그런데 물어볼 게 있어."

"뭔데?"

그 때 날카로운 호루라기 소리와 함께 엄한 명령이 울려 퍼졌다.

"집합!"

하지만 일단 풀려난 청소년들은 쉽사리 질서 속으로 모여들지 않았다. 고함을 질러 대던 호송원은 욕설까지 내뱉으며 닦달했지만 별 소용이 없었다. 그는 고민에 빠져 있더니 다시 소리를 내질렀다.

"인원 점검 후에 곧 식당으로 이동할 것이다! 선착순으로 스무 명까지 끊고, 나머지는 굶어야 한다!"

그러자 전광석화처럼 모든 관심과 에너지가 달려가는 데 쏟아졌다. 호송원은 자신의 아이디어에 만족했는지 빙긋 미소 지었다. 점호를 마친 뒤 대열은 식당을 향해 빠르게 움직였다. 널찍한 식당 내부는 티끌 하나 없이 잘 정돈돼 있었다. 개미처럼 줄을 지은 청소년들은 식판을 들고 걸으며 취사병이 퍼 주는 음식물을 받았다.

청운은 식판을 들고 스라소니 옆으로 가서 앉았다. 가능하면 멀리하고 싶은 놈이었지만 그럴 수가 없었다. 꽁보리밥을 시래기 된장국에 말아 허겁지겁 처먹는 스라소니를 가만히 바라보다가 청운은 슬쩍 물었다.

"저기, 우리 반에 있었던 삐에로라고 혹시 알아?"

"누구?"

"그 왜 앞니 빠진 어릿광대 있었잖아."

"아, 그놈…… 지금은 선감도에 없을걸."

"죽었어?"

청운은 긴장감을 감추고 물었다. 스라소니는 갑자기 흥분해 매섭게 노려보았다.

"개새끼, 네놈들 땜에 내가 얼마나 고생한 줄 알기나 하냐? 반장 노릇 제대로 못했다고 평민으로 강등돼 뼁이 치다가 결국 못 견디고 탈출한 거야!"

스라소니는 입에서 밥알이 튀는 것도 모른 채 지껄이다가 곧 화를 삭이며 주워 먹었다. 뭔가 무척 억울한지 인상을 잔뜩 쓰며 청운의 식판에서 밥을 한 숟갈 가득 떠 입으로 가져갔다.

"그래서…… 그 삐에로는 어찌 됐어?"

"말도 마라. 탈출해 간 놈이 시체가 되어 파도에 떠밀려 왔더라. 개

같은 새끼! 파묻으려고 뒷산으로 메고 가는데…… 갑자기 기침을 하며 물을 잔뜩 토해 내면서 히히 웃어 대는 거야."

"그리고 어찌 됐어?"

"탈출 죄로 벌을 주려니까 자기는 반쯤 가다가 반성을 하곤 죽을힘을 다해 되돌아왔으니 벌보다는 상을 줘야 한다고 중얼거리더군. 웃기는 새끼. 그런데 징벌방에 들어갔다가 나온 후 한동안 영화 애기나 떠벌리면서 애들을 웃기고 지내더니 또 감쪽같이 사라져 버렸어."

"탈출한 걸까?"

"그건 나도 모르지. 근데 너 밥은 안 먹냐?"

청운은 고민스런 표정으로 한숨을 폭 내쉬었다. 그는 식판을 스라소니 앞으로 밀어 주며 중얼거렸다.

"박꽃 누나는 어찌 됐을까?"

"박꽃이 누구야?"

"왜 좀 절뚝거리는 그……."

"아, 그 미친 무당년?"

"미친년이라니, 말조심해!"

"얌마, 그럼 미친년을 미친년이라고 부르지 뭐라고 해? 좀 아깝긴 했지. 하지만 뭘 해, 시들어 빠진 백장미인걸."

"무슨 소리야? 살아 있긴 해?"

"완전히 미쳐서 맛이 갔다니까. 하긴 뭐 미친년이나 무당년이나 비슷하긴 하지."

"그럼 무당 일을 제대로 하긴 하는 거야?"

"짜식아, 그건 나도 모르지, 아무튼 미쳐서 들판을 헤매 다니다가도 굿할 땐 신명이 내려 그런지 사람이 달라진다더군. 나도 잠깐 한 번 봤는데, 눈이 희번득거리는 게 무서우면서도 문득 보석같이 반짝일 땐 황홀한 느낌을 주더군."

스라소니는 청운의 식판까지 깨끗이 비우곤 입술을 핥았다.

4.
소년 비밀요원

"집합하라!"

이번엔 메가폰을 통해 명령이 울려 퍼졌다. 어느 결에 저쯤 재빨리 달려 나가는 스라소니의 뒤를 따라 청운도 급히 일어나 발을 옮겼다. 정렬이 되자 이제까지 본 적이 없는 사람이 뚜벅뚜벅 앞쪽으로 걸어와 섰다. 진갈색에 붉은 기가 좀 섞인 듯한 선글라스를 걸치고 있었다. 그는 걸걸한 목소리로 입을 열었다.

"이제 여러분은 우리 대한민국의 최전선을 지키는 특수요원으로서 엄숙히 입문하려 한다! 우리 국가는 최고급 교육과 대우를 해 주는 만큼 국가로서도 여러분의 충성 서약을 받아 두어야만 한다. 굵고 짧게 사는 게 사나이의 멋이듯이 서약 내용은 간단하다. 비밀을 엄수하고,

상부의 명령에 순종하고, 죽음 앞에서라도 조국을 영광케 할지언정 원망하지 않는다는 것이다!"

청년이라기엔 아직 어딘가 앳된 구석이 남은 새파란 젊은이들은 별말 없이 지켜보기만 했다.

"부담스런 사람은 즉시 떠나도 좋다. 잘 생각해 본 뒤 엄숙한 충성심으로 서약하길 바란다."

작게 웅성거리는 소리가 나긴 했지만 대열을 이탈하는 자는 없었다.

"그럼, 실시하도록!"

그는 빙긋 미소를 지은 뒤 서류철을 옆에 선 부하에게 건네었다. 호송원은 젊은이들을 이끌어 연병장 한쪽에 붙은 막사로 데려갔다. 거기서 한 명씩 서약서에 지장을 찍게 한 후 안으로 들여보냈다. 미리 대기하고 있던 일병 세 명이 바리캉을 들고 머리칼을 밀어 순식간에 빡빡머리로 만들어 버렸다. 마지막으로 들어간 청운은 머리카락이 히피족처럼 길었기 때문에 좀 지체되었다.

"아깝네요. 추저분한 더벅머리지만 만져 보면 본래의 진가를 알 수가 있죠. 깨끗이 감으면 여자들의 손길도 쓰다듬고 싶어 할 텐데요."

이발병의 말을 뒤로 하고 청운은 급히 대열의 꽁무니에 따라붙었다. 앞에서는 뭔지 가득 찬 퍼런 군용 배낭을 순서대로 하나씩 나눠 주고 있었다. 왠지 모르지만 청운은 그것들이 곧 다 배급되어 자기에겐 차례가 오지 않을 듯한 불안감이 들었다. 어릴 때부터 핍박받고 살며 소중한 것을 박탈당해 온 숱한 기억 때문인지도 몰랐다. 하지만 여기서는 그런 걱정을 할 아무 이유가 없었다. 속이 꽉 찬 배낭을 하나 지급받은 청운은 그 속에 보물이 들어 있지도 않은데 흐뭇한 표정을 지었다. 청량리에서부터 호송해 온 사복 중 하나가 갑자기 나서더니 말했다.

"이곳은 여러분이 생활할 부대가 아니다. 일단 배낭을 짊어져라. 본대에 가서 안 맞는 건 서로 맞게 바꾸면 되니까. 꾸물거리지 말고 어서 뛰어나가!"

연병장엔 미리 트럭이 시동을 건 채 대기하고 있었다.

"1번 이동수! 2번 김민식! 3번 조명호……."

한 명씩 자기 번호와 이름을 외치며 차로 뛰어오르자 다시 장막이 닫혔다. 트럭은 굉음을 토하며 달리기 시작했다. 잠시 후 포장도로를 벗어나자 트럭은 갈수록 점점 격심하게 덜컹거렸다. 엉덩방아를 찧고 서로 부대끼면서도 모두 자신의 배낭을 마치 분신인 양 안은 채 침묵을 지켰다. 주머니에서 볼펜을 꺼내 자기 이름인지 뭔지 열심히 새기는 녀석도 있었다.

문득 두꺼운 장막 틈을 통해 바닷바람에 실린 싱그런 갯내음이 살풋살풋 스며들었다. 멀리서 파도 소리가 아련히 들려오는 듯도 했다.

청운은 장막에 코를 대고 심호흡을 했다. 비릿하면서도 상큼한 그 냄새는 생명의 향기를 담고 있었다. 또한 생과 사의 틈새에서 부대끼는 생물들의 고통을 품은 성싶기도 했다. 죽음을 넘어 선감도를 탈출한 먼 바다의 기억 때문일까? 하지만 그런 생각에 길게 빠져들 짬도 없이 파도 소리는 사라지고, 차는 어느 깊은 산기슭이라도 달리는지 갖

가지 새소리가 청아했다. 얼마나 지났을까, 갑자기 육중한 철문이 열리는 끼익 하는 소리가 났다. 여긴 어딜까? 어느 깊은 산중의 부대일까? 하지만 군부대에서 자주 들은 엄숙한 "충성!" 구호도 없었다. 트럭은 느낌으로 보아 시멘트로 대충 포장된 듯싶은 우둘투둘한 곳을 지난다음 평탄한 흙마당 같은 데로 진입하더니 마침내 거친 숨을 고르며 멈춰 섰다.

무슨 일인지 장막은 곧장 열리지 않았다. 바깥에서 뛰어다니는 사람에겐 1분밖에 안 되는 시간일지 몰라도 어둠 속에 갇힌 청운에겐 10분쯤 될 만큼 갑갑하고 답답했다. 얼마 후 차량 후미의 장막 문이 열렸을 때 청운은 깜짝 놀랐다.

태양은 환한 빛을 내리비추고 있었지만 높은 산과 나무 잎사귀들에 가려 좀 서늘한 느낌을 주었다. 연병장이라기엔 좁은 흙바닥 공터에 검정 모자를 쓰고 군복 차림에 군화를 신은 열댓 명의 남자들이 빙 둘러선 채 몽둥이를 움켜쥐고 있었다. 그 옆에는 카빈총을 든 세 명이 눈을 번들거리고 있었다.

"어서 내려라! 여기가 너희들이 재탄생하게 될 고향이다!"

음침한 고함 소리를 들은 청운은 엉겁결에 땅 위로 뛰어내렸다. 배낭을 한쪽 어깨에 걸친 채였다. 맨 앞에 서 있던 우락부락한 사내가 군홧발을 들어 휙 배낭을 걷어찼다. 중심을 잡지 못한 청운은 벌렁 나뒹굴었다.

"여기서는 아무것도 훔칠 물건이 없고 훔쳐 봤자 헛일이다! 여러분은 모두 일심동체이기 때문이다! 개인주의보다는 동료애를 통한 살신성인의 정신을 보여 주기 바란다! 한 놈이 잘못하면 모두가 죽는다는 사실을 명심해라! 이건 실전에서 흘러나온 핏방울의 말씀이다. 배낭은 놔두고 빨리 모여라!"

차에서 뛰어내린 아이들이 좁은 공터 가운데로 몰려섰다. 청운도 비틀거리며 그 무리 속으로 끼어들었다. 그 순간, 짤막하게 호루라기 소리가 울렸다. 그것을 신호로 빙 둘러서 있던 검은 모자들이 망나니의 칼 같은 몽둥이를 마구잡이로 휘두르며 다짜고짜 두드려 패기 시작했다. 아무런 말도 없고 이유도 밝히지 않은 무지막지한 폭행이었다. 방망이를 막으려고 팔을 들면 군홧발이 복부와 다리를 공격해 왔다. 쓰러지면 지근지근 밟아댔다.

'도대체 왜 이러는 것일까? 이자들은 우리 국군이 아니라, 북쪽에서 내려온 무장공비나 깊은 산속의 동굴에서 기어 나온 악마들이 아닐까? 나라를 위해 일한다더니, 허깨비의 거짓말에 속은 게 아닐까?'

청운은 땅바닥에 엎드려 코피를 줄줄 흘리며 생각했다. 뭐라도 물어보려고 안간힘을 다해 일어서다가 복부에 발길질을 맞곤 다시 픽 고꾸라졌다.

"이열 종대로 집합!"

다시 명령이 내렸다. 또 한 명의 선글라스 쓴 남자가 나섰다. 선글라스를 착용해서 눈에는 확 띄었지만, 그 선글라스가 청운이 이전에 본 사내와 같은 사람인지는 영 헷갈린다. 선글라스는 두 손을 허리춤에 걸친 채 입을 열었다.

"조국을 위해 달려온 여러분을 환영한다. 여러분은 사소한 개인의 감정을 초월해 조국과 민족을 위해 헌신할 대한민국 특수부대 요원의 길에 들어섰음을 인식하라! 아직은 출발선상에 선 피라미일 뿐이다. 여러분이 세계 최고의 '007'을 넘어서는 특수요원이 되기 위해서는 일단 우리가 마련해 놓은 고난도의 훈련 과정을 통과해야만 한다. 햇병아리가 독수리로 성장하기 위해서는 자신의 현재 능력을 몇 번이고 극복하며 초월해 나아가지 않으면 안 된다. 아무것도 묻지 말고 시키는 대로만 하면 된다."

선글라스는 헛기침을 하며 코를 벌름거렸다.

"나는 여러분의 훈련을 책임지고 있는 이 해골부대의 총대장이다! 흠, 대한민국엔 정규군과 함께 귀신 잡는 해병대도 있지만, 현재 남북한이 휴전협정 상태이기 때문에 공개적인 전투를 할 수가 없다. 그러나 보이지 않는 전쟁은 계속되는 상황인 것이다. 그건 굳이 한반도뿐만 아니라 미국과 소련, 중국과 일본 등등 전 세계에서 벌어지는 현상이다. 이런 엄중한 상황에서 여러분은 일당백의 기량과 정신력을 겸비한 용사로 육성돼 60만 정규군을 대신해 최첨단 활동을 수행하게 되는 것이다!"

그는 잠깐 혀로 입술을 적신 뒤 계속했다.

"여러분에게 매질이 가해진 건 여러분이 알지도 못하는 새 배여 있는 이기심과 개인주의라는 먼지를 털어 내기 위한 통과의례였음을 알

아주길 바란다. 여러분이 애국심과 충성심을 십분 발휘해 특수 훈련을 졸업하고 조국이 내려 주는 임무를 제대로 수행했을 땐 영웅이 될 것이요, 낙오하는 자는 개죽음이 기다릴 뿐임을 항상 명심하라!"

그러고는 발길을 옮겨 차량 쪽으로 걸어갔다. 검은 모자 하나가 앞으로 나서더니 싸늘한 명령을 내렸다.

"지금부터 30초 내에 옷을 깡그리 벗고 엄마 배 속에서 태어날 때처럼 알몸뚱이가 된다. 실시!"

모두 신속한 동작으로 옷을 벗어 자신의 발 앞에 놓았다. 청춘의 꿈을 지닌 육체들이 빨가숭이로 서 있었다.

"이제 저쪽으로 이동해서 배낭을 받아라."

나체의 군상이 움직이는 모습은 어딘지 꿈틀꿈틀 기어가는 지렁이와 닮아 보였다. 트럭 위에서 또 다른 검은 모자 두 명이 배낭을 하나씩 던져 주었다. 청운은 맨 마지막으로 받았다.

"더 좋은 것이 그 안에 들어 있으리라고 생각하면 망상일 뿐이다. 똑같으니까. 어차피 여러분은 공동운명체이므로 이기심보다는 이타심을 발휘해 행동하는 게 결과적으로 볼 땐 훨씬 이득이다. 알았나? 지금부터 배낭을 열어 옷을 착용하되, 치수가 다를 경우엔 서로 바꿔 착용하는 융통성을 발휘하길 바란다. 실시!"

감정을 억압당한 소년들은 자동인형처럼 묵묵히 명령을 수행하기 시작했다. 어쩌면 자신의 수의가 될지도 모를 푸른 속옷과 군복을 꺼내 입고 모자를 쓰고 통일화를 신었다. 간혹 치수가 너무 크거나 작은

소년 비밀요원과 공동경비구역

경우에만 가능한 작은 소리로 서로 신호를 해 바꿨다.

청운은 일단 착용하자 대충 만족하기로 작정했다. 고르고 골라 봤자 딱 맞는 건 없다는 사실을 많은 체험을 통해 알고 있었기 때문이다. 배낭 속엔 그 외에도 수건, 치약과 칫솔, 빨랫비누 등 생활용품이 들었고 담배 한 갑도 구석 쪽에 박혀 있었다. 명령에 따라 모두 배낭을 멘채 정렬했다. 개인의 체취가 스민 사복은 비닐봉지에 담아 가져가 버렸다. 어떤 추억이 떠올랐는지 아쉬움의 눈길을 던지는 녀석도 보였으나, 청운은 벌레 허물처럼 추레한 그 옷에 아무런 미련도 없었다.

"지금부터 호명하는 순서대로 번호를 복창하고 저쪽 해골탑 앞으로 가서 선다! 앞으로 여러분은 이름 대신 이 번호로 불리게 되니 필히 기억해 두기 바란다!"

검은 모자를 깊이 눌러쓴 사내가 서류철을 들고 보며 소리치는 대로 한 명씩 재빨리 대열을 빠져나가 새 대열을 형성했다.

"정춘호!"

"옛, 23번!"

청운의 이름은 맨 마지막에서야 불려졌다. 검은 모자는 왕따 시키는 음흉스런 기쁨을 음미하기라도 하는 듯 한참 후에야 청운의 이름을 불렀다.

"예! 25번!"

청운은 대답하고 뛰어 대열 끝으로 가서 섰다. 그러고는 해골탑을 흘낏 쳐다보았다. 쌓아 놓은 바윗돌 위에 해골을 그린 판자때기가 올려 모셔져 있었다. 그 옆에 때에 찌든 태극기가 펄럭이며 간혹 해골의 볼을 쓰다듬었다.

"자, 이제 본거지로 간다!"

검은 모자가 앞에 서서 인솔을 했다. 맨 뒤에서도 조교 한 명이 따라붙었다. 행렬은 산비탈과 골짝을 따라 난 좁고 험한 길을 지나 위쪽으로 계속 올라갔다. 봄이라 얼어 있던 계곡물이 풀려 생기 차게 졸졸 흐르고 여기저기 빨갛고 노란 꽃들이 피어나고 있었다.

높고 깊은 산 숲속에 이상하게 생긴 건물이 나타났다. 통나무와 흙과 돌로 만든 장방형 건축물이었는데 삭막한 느낌을 주었다. 너와 지붕 위에 비닐을 덮고 돌로 촘촘히 눌러놓았지만 바람이 불면 나부끼며 스산한 소리를 냈다. 그런 막사가 두 채였다. 산 중턱을 깎아 만든 연병장은 아까 밑에서 본 공터보다는 훨씬 넓었다. 한쪽에 철봉, 평행대, 샌드백 따위의 운동시설이 설치돼 있었다. 막사와 연병장은 철조망으로 둘러쳐진 상태였다. 고개를 들면 까마득하고 험준한 바위투성이 산악이 눈을 가로막았다.

행렬은 정문을 들어서자 곧장 진짜 해골탑 앞으로 인솔돼 갔다. 제대로 쌓아 올린 높직한 돌 제단 위에 오랜 풍우로 인해 잿빛으로 변해가는 해골이 놓여 있었다. 해골은 텅 빈 눈구멍으로 웃는 듯 우는 듯 어린 청년들을 내려다보았다. 해골 밑을 X 자로 받친 팔뼈는 마치 울지도 말고 웃지도 말라는 해골의 충고 같았다.

"조국을 위해 산화하신 선배님들을 향해 묵념!"

검은 모자가 엄숙히 말했다. 청운은 눈을 슬쩍 뜨곤 그 밑의 석판에 새겨 놓은 '조국에 대한 맹세'를 읽어 보았다. 그러면서 생각에 잠겼다.

'이름 모를 분의 해골이시여! 당신은 조국과 민족을 위해 고귀한 희생을 할 수 있어서 행복하셨겠네요. 하지만 제겐 조국도 민족도 없습니다. 그저 사회에서 살아가기가 힘겹고 두려워 도망쳐 왔을 뿐. 하지만 어쨌든 저를 낳아 준 부모님이 살아온 땅이니, 가능하면 뭔지 모르지만 중요한 일을 해 보겠습니다. 제가 부랑아가 아니라는 사실을 증명하기 위해서라도…….'

검은 모자의 고함이 터져 나왔다.

"이제부터 내무반으로 이동한다!"

행렬은 두 마리 뱀처럼 을씨년스런 막사 안으로 들어가기 시작했다. 깊은 산중이라 짧은 해가 붉은 노을을 남긴 채 넘어가고 연병장엔 땅거미가 내리고 있었다. 어둑하고 썰렁한 내무반은 겉보기보단 넓은 편이었다. 통로를 사이에 두고 벽 양쪽으로 침상이 줄느런히 놓여 있었다. 혈기 왕성한 청소년들의 몸에서 흘러나오는 기운이 아니었더라면 그곳은 삭막한 폐가와 같은 공간으로 느껴졌을 것이다. 만약 그곳에 노인들을 수용해 놓는다면 공동묘지의 분위기가 물씬 풍기고, 짐승들을 가둬 둔다면 음습한 외딴 축사로 보일지도 몰랐다. 검은 모자에 의해 번호순으로 각자의 자리가 배정되고 임시 반장도 한 명 찍어 세웠다. 철저한 정리 정돈과 전기 절약에 이어 남색 금지, 벽 낙서 엄벌 등 주의 사항 전달이 끝난 후 모두 다시 대열을 정비해 밖으로 나갔다.

산은 이미 어둠에 묻혀 거대한 검은 바위 장벽 같았다. 내무반이 들어 있는 막사에서 조금 위쪽에 기간요원과 사병들이 거처하는 지휘부 소속 막사가 자리 잡고 그 한 켠에 식당이 조그맣게 붙어 있었다. 취사 당번이 한 그릇씩 내준 저녁 메뉴는 산나물 비빔밥이었다. 보기보다 맛이 있었던 건 배고픔 때문이었을까. 누군가는 나물이 너무 적어 허접하다며 불평이었으나, 청운은 너무 많은 걸 뒤죽박죽 섞어 놓으면 특유의 나물 맛이 없어진다는 사실을 알기에 고맙게 먹었다.

식사를 마친 청소년 대원들은 밖으로 나가 잠시 자유 시간을 가진 후 다시 모여 내무반으로 들어갔다. 침상 앞 공간에 두 줄로 선 채 검정 모자의 지시대로 점호를 받았다. 식곤증 탓인지 군기가 빠진 애들은 서너 명의 조교로부터 구타를 당하고 조인트를 까였다.

"이제 너희는 일반인이 아냐! 언제라도 목표물을 향해 날아갈 수 있는 칼날이 돼야 한단 말이야, 알았나?"

"예!"

"좋아, 그럼 오늘만큼은 첫날이니 서로 소개도 하고 장기자랑도 하면서 놀아도 좋다. 단, 풍기문란이나 소란을 떨었다간 즉시 지옥행임을 명심해라!"

"예!"

검정 모자는 수하들을 데리고 나가 버렸다.

5.
알랭 들롱과 개호주

어둑해지자 반장이 알전구를 켰다. 발전기를 돌려서 켠 전등은 흐릿
하고 깜빡깜빡했다. 그래도 불안한 내일을 잊으려는 듯 짐짓 동물성을
드러내며 허세를 떨기도 했다.

"자, 그럼 이제부터 각자 소개를 하고 장기자랑도 멋지게 해 보기 바
란다."

반장이 말했다. 소쩍새가 구슬피 울었다.

그때 1번이 침상에서 벌떡 일어났다.

"속담에 '빠따'도 먼저 맞는 게 시원하다지. 사실 난 세상 살면서 한
번도 1번이 돼 본 적이 없어서 그런지 속으로는 좀 떨린다. 약간 쑥스
럽기도 하구 말이야."

"그래 1번 되었으니 장기자랑 한번 해 봐라~!"

"모름지기 장기자랑의 목적은 자기 자랑보다는 여러 동지들을 즐겁게 해 주는 데 있겠지? 나야 뭐 별 장기랄 것도 없으니, 그냥 실제로 체험했던 이상야릇한 얘기나 한번 해 볼란다."

1번은 혀로 두툼한 입술을 축였다.

"빨랑 본론으로 들어가랑께."

"내 꿈은 영화배우였어. 나의 고독한 눈빛과 코에서 입가로 흐르는 윤곽선에 알랭 들롱의 이미지가 보이잖는가? 야, 웃지들 마, 웃지 말라구. 그래…… 입술만은 좀 다르다는 사실을 나도 인정한다. 하지만 프랑스 사람과 조선 토종이 똑같을 순 없잖아. 난 하나의 개성이라고 생각할 뿐이야."

"그래, 아무튼 웃겨 주니 좋긴 해."

"여러분, 난 웃음을 주려는 게 아니라, 애틋한 진실을 얘기하려는 거야. 알랭 들롱이 금수저를 물고 태어났다고 생각하는 사람이 있을지 모르지만, 그는 부모조차 잘 모르는 데다 고등학교를 겨우 중퇴한 사람이야. 고독한 야생 들고양이처럼 암흑가의 뒷골목을 헤매 다니다가 그 유명한 외인부대에 들어갔지. 그때의 경험이 없었다면 그가 〈태양은 가득히〉 같은 명화에서 보여 준 박진감 넘치는 연기를 과연 펼칠 수 있었을까?"

"그건 모르지. 아무튼 그래서 너도 이곳을 외인부대라고 공상하면서 온 거란 말이야? 그런 시시껄렁한 우스갯 집어치워!"

모두 웃음을 터뜨렸다. 청운은 문득 선감도의 뼈에로 형이 생각나 한숨을 쉬었다. 일상생활 자체가 영화라고 했던 그는 어디서 어떻게 살고 있을까.

"그럼 지금부터 본방송을 시작하겠다. 웃다가 감동 먹고 질질 짜지나 말어."

"걱정은 접어 둬."

"내가 고등학교에 입학은 했는데 삼류급이라 공부보다 놀기가 더 좋더군. 아마 그때 알랭 들롱이 없었다면 난 불량한 짓이나 하다가 자살해 버렸을지도 몰라. 셋방에 살다가 연탄가스에 중독돼 반병신 꼴이 된 홀엄마……. 그런데도 엄마는 날 공부시키기 위해 날마다 새벽밥을 하고 낮에는 붕어빵 장사를 했어. 어느 날 밥을 먹는데 배추 된장국에서 누에보다 통통한 초록색 배추벌레가 나왔어. 그걸 건져 내면 되고, 지금 생각하면 그냥 꿀꺽 삼켜도 좋았으련만…… 그땐 인상을 잔뜩 찌푸린 채 숟갈을 탁 놓고 말았거든. 난 학교에 가지 않고 강가로 나가 조약돌로 내 이마를 마구 때렸지. 이튿날에도 엄마는 쓸쓸한 표정으로 새벽밥을 준비했어. 그 모습이 너무 애처로워 보여서 난 검정고시로 고등학교 졸업장을 꼭 따겠노라고 엄마에게 약속한 후 똥통학교를 자퇴하곤 내가 직접 붕어빵을 구웠지. 내가 겁 없이 그런 데는 알랭 들롱의 영향도 컸던 것 같아. 고등학교든 대학교든 졸업보다는 중퇴가 뭔지 강렬한 멋이 있어 보였거든."

"아 참, 그 녀석 사설 한번 무척 길군."

누군가 불평을 했다.

"여러분들이 영화를 보든 책을 읽든 이야기를 듣든, 너무 재미있는 것만 찾다가는 나중에 남는 게 없어. 중간중간 시시한 듯한 이야기가 사실은 양념 역할을 해 준단 말씀이야. 아무튼 그 후 엄마는 속으로 상심이 컸는지 점점 허약해졌어. 그런 어느 날, 시장에 가서 밀가루를 한 포 사 들고 오는데 엄마가 길바닥에 쓰러져 있는 거야. 정신을 잃은 채 입가에 거품을 문 엄마를 가슴에 안고 흔들었지만 소용이 없었어. 엄마는 내 외침에 대답하려는지 입술을 살짝 벌렸으나 갑자기 파르르 떨며 혀를 반쯤 내민 채 앞니로 꽉 깨물었어. 난 어떻게든 내 손가락이나마 넣어 엄마의 혀를 살려 보려 했으나 엄마는 입가에 붉은 피를 흘리며 숨이 끊어지고 말았지."

그는 입을 꽉 다문 채 코로만 긴 한숨을 푹 내쉬었다. 이번엔 아무도 제지하지 않았다.

"나중에 들어 보니 족제비털 목도리를 두른 어떤 중년 여자가 붕어빵을 한 봉지 달랬다가 엄마가 성한 한쪽 손을 떨며 뻣뻣하게 내미니까 재수 없다면서 홱 밀치고 갔다는 거야. 난 골목길을 잠시 훑어본 뒤 큰길 쪽으로 허겁지겁 뛰어갔는데 검은 목도리를 걸친 여자가, 엄마를 죽였을지도 모를 그 여자가 택시를 잡아타고 사라지는 걸 봤을 뿐이야."

"영화도 저런 식으로 오락가락하면 극장이 텅 빌 텐데."

"조금만 더 들어 보고 시시껄렁하면 몰매를 주던지 하자구. 참 니미럴……."

"난 그래서 여자에 대한 애증을 가지고 있는지도 몰라. 난 죄책감 속에서 방황하다가 외사촌 형이 중국집 주방장으로 있다는 부산으로 갔어. 역전에서 전화를 걸었더니 남포동으로 오라고 하더군. 너무 일찍 갈 필요는 없겠다 싶어서 바다 냄새가 조금쯤 섞인 공기를 마시며 슬슬 역전 광장을 거니는데 어떤 여자가 다가왔지."

"알았으니 그만해. 어디서 많이 들은 냄새가 풍기는걸."

"아니, 이건 정말 내 경험이야. 진짜 야릇해. 여자는 길고 고불고불한 머리칼에 살짝 가려진 하얀 얼굴이 좀 외로워 보였어. 몸에 딱 맞는 검정색 원피스를 걸쳐 가냘프면서도 육감적인 몸매가 잘 드러났지. 그녀는 팔짱을 낀 채 아무것도 지니지 않은 모습이었어."

"매춘부였나 보네 뭐."

"그런 평범한 얘기라면 애당초 내가 꺼내질 않지. 여자는 어두운 빛이 깃든 큰 눈으로 나를 가만히 바라보더니 '나랑 같이 가지 않을래?' 하고 앵두 같은 입술로 묻더군. '어디로요……?' 가능한 여운을 남기며 나는 대답했지. 여인은 희미하게 미소 지었어. '눈이 참 쓸쓸해 보이는구나.' 그 순간 나는 양 갈래 길에서 반평생 동안 할 고민을 다한 것만 같아. 삶이냐, 죽음이냐? 왜냐하면 그런 식으로 애들을 홀려 데려가서 도끼나 톱으로 팔다리를 잘라 낸 뒤 불쌍한 앵벌이 노릇을 시킨다고 들은 적이 있거든. 정말 심장이 떨리더군. 그 천당과 지옥이 엇갈릴 찰나 속에서 갈등하던 나는 선뜻 한 걸음 내딛어 그녀의 팔짱을 꼈어. 운명적인 그 순간 나를 나서게 한 것은 바로 알랭 들롱이었지."

"뭐?"

"만일 여러분들이 그가 처음부터 스타였다고 생각한다면 큰 착각이야. 그도 단역배우 시절을 거쳤어. 그러던 어느 날 할리우드 최고의 미녀 배우가 프랑스를 방문한 기회 그는 이용하기로 했지. 뒷골목 패거리 몇과 함께 공항으로 나간 그는 꽃다발을 뒤에 숨긴 채 기다리고 있었어. 마침내 유명 여배우가 트랩을 내려 걸어 나왔어. 수많은 방송사기자들이 카메라를 앞세운 채 대기하는 중이었지. 그 순간 알랭 들롱은 깊은숨을 속으로 천천히 들이쉬었어. 죽느냐 사느냐, 어릿광대가 되느냐 화제의 신예 배우가 되느냐, 환호성이 일어나느냐 마피아의 총탄이 기다리느냐 하는 위기와 기회의 순간……! 마치 부산역 광장에서 내가 그런 것처럼 알랭 들롱은 한 여인을 향해 걸어 나갔어. 어찌 됐을까, 응? 우수 어린 독특한 미소를 지으며 장미 꽃송이를 내밀자 천만뜻밖에도 인기 최고의 여배우는 더 화려한 꽃다발들을 무시하고 무명 배우의 장미 한 송이를 받아들며 고혹적인 미소를 지은 거야."

"얌마, 내 고향이 삼천포라 이런 소릴 안 할라 캤는데, 제발 더 이상 삼천포로 빠지질 말고 진주든 부산이든 니 갈 길로 가거라, 자슥!"

"알았어. 그녀를 따라간 곳은 송정인지 송도인지 하는 바닷가 산자락에 위치한 하얀 별장이었어."

1번은 추억에 젖은 어조로 말을 이었다.

"바닷가 기암절벽에 밀려와 부서지는 하얀 파도를 바라보다가 내 눈을 그윽이 쳐다본 그녀는 다시 망망대해로 눈길을 돌린 채 말하더군. 자신은 이 세상에 혼자뿐이라고. 백사자 왕의 첩이 된 내력을 난 파도 소리에 섞여 들었지. 초등학교에 입학한 며칠 후에 검은 양복을 입은 신사 아저씨의 사탕 꾐에 빠져 어느 거대한 저택 속으로 납치되었대. 죽는 줄 알았더니 마치 공주처럼 대접하더래.

고아원에서 자란 어린 그녀는 때를 깨끗이 씻고 난 뒤 우아한 옷을 입고 어떤 아줌마가 차려 준 최고급 음식을 늘 먹었대. 커다란 거울에 비친 그녀의 모습은 스스로 봐도 놀라울 정도로 예뻤다더군. 그런 어느 날 보라색 안경을 쓴 어떤 자그마한 남자가 거울 속에 비치더래. 희끗희끗한 머리카락에 포마드를 발라 단정히 꾸민 그는 소녀의 뒤에서 어깨를 감싸 안으며 '정말 매혹적이야.'라고 말하더래. 그에게서 풍겨 오는 진한 냄새가 싫었지만 어린 소녀는 거울을 향해 미소를 지어 보였대. 그 후부터 그 노신사는 매일 밤마다 소녀의 방으로 와서 속삭였다고 하더군. 무려 20년 동안이나 그 소녀는 사춘기를 거쳐 아가씨로 성장하는 동안 한 번도 외출을 하지 못하고 학교에도 다니지 않았대. 창문을 통해 바다를 바라보는 것 외엔……."

그는 잠시 침묵을 지키더니 계속 말했다.

"그 원숭이 같은 남자는 부산 바닥을 주름잡는 폭력단인 불가사리 파의 두목이었대. 그는 남항에서 가까운 문현동 근처에 옛날 일본군이 퇴각하면서 감춰 놓은 보물이 있다는 정보를 입수하곤 그걸 찾는 데

혈안이 돼 버렸다더군. 금괴가 최소한 1천 톤 이상이라고 하니 미칠 만도 하지. 일본군은 원래 그곳 지하에 깊고 어마어마하게 넓은 굴을 파곤 어뢰 만드는 비밀 군수공장을 차렸다는 거야. 그러다가 전쟁이 불리해지자 한국과 중국을 비롯해 동남아 각지의 귀한 보물을 깡그리 약탈해 일본에 가까운 그곳 굴속에 숨겨 놓았대. 이건 야구자 본부에서 흘러나온 극비 정보라 불가사리파의 두목인 백사자 왕도 비밀리에 탐사를 시작한 거라. 입구는 찾지도 못한 채 땅 위쪽에서 1년 동안 여기저기 겨우 작은 구멍을 뚫어 갈고리를 넣어 본 끝에 달려 나온 건 거무스레 썩은 해골과 손가락 뼈였대. 그건 아마 어뢰공장을 다 지은 후 비밀을 위해 몰살해 버린 징용 인부들의 유골이 아닐까? 씨발, 진시황이나 우리 임금 놈들도 그런 짓을 저질렀잖아."

"그래서, 계속 듣고 있어야 해?"

누군가 말했다.

"흠, 일단 해골이 나왔으니 황금도 어딘가에 있으리라 생각하고 영화 〈황금광시대〉에 나오는 미치광이들처럼 졸개들과 함께 헤매고 다닌다더군. 그 바람에 그녀는 처음으로 저택에서 나와 시내까지 하염없이 걸어 나왔었다고 바다를 멍하니 바라보며 말했어. 그리고 그녀는 내 손을 꼭 쥐었지. 파란 실핏줄이 비치는 가녀린 손으로……. 지평선을 쳐다보며 가만히 침묵을 지키던 그녀는 문득 '유리창 속에서 인형처럼 슬프게 산 인생이었지만 그래도 첫 외출에서 만난 너와 어설픈 사랑 흉내를 내다가 진짜 바다와 저 파도를 바라보고 있으니 이만하면

됐어, 그래 됐어……'라고 혼잣말처럼 중얼거리더군. 그러더니 푸른 바다 같은 눈을 돌려 날 보았어. '저 파도 속으로 함께 뛰어들까? 호호. 그럴 필요까진 없겠지. 하지만 우린 영영 함께할 순 없는 운명이야. 왜 그렇게 남자가 눈물까지 보여, 응? 어차피 그럴 바엔 서로 아쉬움을 가슴속에 나눠 가진 채 헤어져 언제까지나 그리워하는 게 좋아. 이미 의심을 샀기 땜에 넌 여기 더 있다간 죽어. 그러니 누굴 만나면 누나가 아프다고 하곤 급한 척 슬쩍 빠져나가야만 해. 난 여기 좀 더 앉았을 테니까 어서 가 봐. 절대로 뒤돌아보지도 말고 한눈팔지도 말고 곧장 가, 안녕.' 하며 재촉했어. 난 죽더라도 그곳에 남아 있고 싶었지만, 그녀의 소망을 무시할 수가 없어서 몸을 일으켜 슬슬 재빨리 움직였지. 해안선을 따라 난 험한 길로만 걸어 안전지대에 닿은 순간 그쪽을 돌아다보았어. 그런데 그녀는 하얀 옷자락을 휘날리며 절벽 아래로 떨어지고 있지 않겠니. 마치 꽃잎처럼……. 봄이면 목련이나 동백꽃이 떨어져 바람에 날릴 때마다 난 석상처럼 서서 그녀를 생각해."

애기꾼이 기대했던 만큼 감동의 물결은 흐르지 않았다. 그렇다고 싸구려 영화 찍느냐는 따위의 야유도 없었다.

그건 아마 꽃처럼 피고 지는 영원보다는 당장 생사 앞에 선 절박함 때문인지도 몰랐다. 나서서 노가리를 까거나 유명 가수를 흉내 내 청중을 웃겨 보는 치는 몇 명 되지 않았고, 대부분은 이름만 밝힌 뒤 벽에 기대거나 동료의 어깨에 기댄 채 구경이나 했다.

밤은 묵묵히 깊어 가고 두견새 울음소리만 목에 피를 문 듯 구슬펐다.

"음, 내가 피날레를 장식해야겠군."

한 녀석이 나섰다.

"김빠진 맥주 같은 소릴 했다간 꿀밤 한 대 맞을 각오하고 시작허더라고."

"걱정 붙들어 매. 새파란 애송이 친구들이 기절할지 몰라 걱정이네."

"어서 시작이나 해 봐. 밤도 꽤 늦었구먼."

"난 그때 충무로 뒷골목의 작은 인쇄소에 다니고 있었기에, 그 근처인 필동에 어느 아담한 집 구석방을 월세로 얻어 지냈어. 너무 조용해 남산에서 지저귀는 새들의 소리가 들려올 정도였지. 난 교도소 교정직 공무원이 되려고 나름 계획표를 벽에 붙여 놓고 열심히 공부했어. 그런데 어느 날부터인가 밤에 책을 펴 놓고 공부하다 보면 주인집에서 개 짖는 소리가 자꾸 들려오는 거야. 애완용인지 넓은 마당을 놔두고 방 안에서 키우더군. 나도 사실 개를 좋아했기 때문에 많이 참았지. 하지만 개 소리는 시도 때도 없이 점점 커지면서 공부를 방해했어.

가만히 생각해 보니까, 개는 원래부터 그렇게 짖었는데 내가 처음엔 별로 신경을 쓰지 않았던 것 같아. 사실 밖에 서서 듣는 소리와 방 안에서 공부하며 듣는 소음은 아무래도 천지 차이거든. 그래도 죄인을 교도하는 직업을 가지려는 내가 너그럽게 포용해야지, 언젠간 나아지겠지, 하고 참았걸랑. 그런데 개놈은 한 조각 양심마저 없는지 점점 더 기승을 부렸어. 공부를 집어치우고 잠이라도 좀 자려면 마치 기다렸다는 듯 더 앙살 맞게 짖어 대더군. 그래도 주인은 말리질 않는 거야. 오히려

소년 비밀요원과 공동경비구역

마치 애처럼 어르고 달래고 하니 더 지랄이었지. 여름철이라 창문을 열어 놓으니까 마치 옆에서 마이크를 들고 무슨 개 소리로 연설을 하듯 극성스러워 곧 노이로제에 걸릴 지경이었다니까. 가만히 생각해 보니 개새끼보다 개 주인이 더 얄미운 거야. 개가 짖을 때마다 대가릴 한 대씩만 때려 주면 좋을 텐데 자꾸 달래기만 하니 개가 얼씨구나 하고 오히려 주인을 조롱하는 꼴이 된 거지.

어느 날 밤, 난 견디다 못해 마당 앞의 계단을 올라 하얀 현관 앞으로 갔어. 왜 개새끼 한 마리가 애써 살아 보려는 내 인생의 앞길을 막는가? 왜 사람이 잠깐 고성방가를 하면 잡아가면서 개 한 마리가 짖어대 주위 사람들을 괴롭혀도 막을 방법이 없는가? 미국이나 일본, 프랑스 등등 선진국에서는 경범죄 감으로 법적 조치를 한다는데 왜 대한민국은 애완견보다 사람이 더 무시를 당하고 살아야 하는가? 개 같은 민주공화국은 개 같은 인간이 더 많이 살아서 그런가? 여러 가지 의문을 품은 채 현관문 앞에서 서성거리다가 마침내 노크를 했어. 개가 먼저 앙칼지게 짖어 대고 나서 한참이 지나 현관문이 열리더군."

그는 잠시 한숨 돌리더니 계속 말했다.

"그곳에 여자가 산다는 건 알았지만 몇 달 동안 뒷모습을 겨우 한 번 슬쩍 봤을 뿐이야. 그런데 문틈으로 반쯤만 보이는 얼굴은 그닥 착한 인상은 아니었으나 잠기운이 남은 게슴츠레한 눈이나 작은 입술이 제법 예쁜 편이었어. 용건을 밝히니까 대뜸 싫으면 방을 빼고 나가라는 거야. 그 순간 머리가 빡 돌더군. 그리고 그동안 숱한 밤에 꾼 꿈이 소용돌이쳤어. 난 그 꿈을 실현시키기 위해 억지로 문을 밀고 들어갔지. 발악하는 하얀 스피츠의 주둥이를 걷어차니 켁 하곤 나뒹굴더군. 여자가 마치 본인이 당하는 듯 비명을 질러 대더군. 잭나이프를 꺼내 개의 골통에 찔러 놓고 물었어.

'이것처럼 시체가 될래요, 조용히 하고 내 말대로 할래요?'

여자는 떨며 고갤 끄덕이더군. 난 탁자 위에 놓인 담뱃갑에서 가느다란 개피를 하나 뽑아 불을 붙이곤 물었어.

'애완견을 키우는 건 좋습니다만, 이웃에 피해를 주진 않아야죠. 그렇죠?'

'그러니까 싫으면 그냥 나가 달라고 부탁드렸잖아요.'

'방세를 냈으니 나도 여기 살 권리가 있어요. 무엇보다 눈꼴사나운 건 개에게 나라는 한 인간의 꿈이 무시당하고 있다는 사실이에요. 개를 자식처럼 품에 안거나 등에 업거나 예쁘게 치장시켜 유모차에 싣고 다니는 걸 보곤 사람인 줄 알고 난 깜짝 놀랐어요. 그건 괴상스럽지만 뭐 개인의 취향이라고 쳐 둡시다. 하지만 남의 취향도 존중해야죠. 조용히 짖도록 훈련을 시키거나 성대 수술을 하거나 알람 목걸이를 채우는 등 방법이 많은데도 왜 계속 개 멋대로 짖게 하나요?'

'나한텐 사람보다 더 소중해요.'

'왜? 왜!'

'당신한텐 한 마리 개로 보일지 모르지만 내겐 마음의 벗이에요. 사람이 채워 주지 못하는 정을 주니까요. 내가 사람들에게 당한 스트레

스를 다 받아 줬어요.'

'그 개의 스트레스는 내가 다 받았는데도?'

'그건 내 알 바 아녜요. 정 고까우면 이런 행패를 부리기보단 경찰서에 신고하면 되잖아요.'

'나도 다 알아봤어. 그런데 아직 처벌할 법이 없대. 국회의사당에 가서 청원이라도 해 보라고 조언해 주더군.'

'나라에서도 허락하는데 왜 당신이 나서서 지랄이에요? 살인마 같으니!'

'그럼 지금부터 진짜 개지랄을 해야겠군요.'

난 개의 발목을 줄로 묶어 둔 뒤 귀에다 헤드셋을 씌우곤 전축을 최고로 크게 틀었어. 개가 괴로워하자 여자는 손으로 눈을 가린 채 흐느끼더군. 그녀는 책상 서랍에서 안경을 꺼내 쓴 눈으로 노려보는 둥 발작 일보 직전이었어."

"그것으로 복수극은 끝이 났겠지?"

누군가 은근히 말했다.

"그럴 수야 있나. 난 성이 아직 다 풀리지 않았어. 침대 위에 개처럼 엎드려 개처럼 짖으라고 명령했어. 여자는 할딱거리면서 귀여운 짐승처럼 애처로이 짖으며 신음하더군. 만일 그곳에 더 머물러 있었으면 어찌 되었을까? 하지만 난 경찰이 오기 전에 도망치고 말았어."

"어따, 잘났어. 개호주 같은 놈! 어딘가 삼류 동시상영 영화 같은 점이 없지도 않구먼."

시간도 꽤 늦었는 데다 더 이상 나서는 사람이 없어 파장이 되었다. 반장의 지시로 주변을 정리 정돈한 후 모두 잠자리에 들었다. 청운은 눈을 감은 채 길었던 하루를 회상해 보고 있었다. 어떤 날은 순식간에 지나가기도 했지만 이 날은 마치 열흘이나 된 듯 무겁게 느껴졌다.

'개란 과연 무엇일까? 외로운 인간의 벗일까, 애완용 물건일까? 혹은 가진 자들의 비열한 충복일까? 아무튼 시골에서는 대부분 잡아먹힌다는데, 도시에선 개가 사람을 비웃거나 잡아먹기도 하는 세상이야. 오래전에 시건방진 개를 살짝 걷어찬 죄로 선감학원에 끌려왔다가 행방불명돼 버린 그 노랑머리 형도 그렇게 당한 셈이었지. 어쨌든 이제는 애완견 시대인 만큼 사람도 개한테 조심해야 해. 개를 자식새끼처럼 꾸며서 품에 안거나 등에 업은 걸 처음 보곤 깜짝 놀랐는데, 유모차에 앉힌 채 밀고 가는 귀부인을 보곤 놀람을 넘어 징그럽더군. 하지만 이젠 부와 권력을 가진 자들이 자기 애완견을 인간보다 한 단계 높은 존재로 여기는 만큼 개가 큰 소리로 뭐라고 짖으면 공손히 고갤 숙여야 해. 개가 이기적인 사랑을 무기로 삼아 자기 주인을 조종하는 건 아마 쉬울 거야. 혹시, 그래서 선진국엔 다 있다는 애완견 소음방지법이 이 대한민국엔 없는지도 몰라. 휴, 인간이란 대체 뭔지……'

두견새가 가슴속의 깊은 한을 목 속에서 피와 함께 토하는 듯 구슬피 울었다. 말만 들었지 보진 못한 새 같은데, 대체 새가 그 작은 몸으로 어찌 저렇게 큰 짐승처럼 울 수가 있을까?

"야, 짜식아, 한숨 좀 그만 쉬어라."

옆자리에 누운 시라소니가 조용히 말했다.

"내가 언제?"

"짜식아, 방금 그러고도 몰라? 하긴 니가 쉰 한숨을 니가 안다면 한숨도 아니것지. 임마, 걱정하지 말고 잠이나 푹 자 둬."

"여긴 도대체 어딜까? 우린 앞으로 뭘 하는 거지, 응?"

청운은 소리를 죽여 물었다.

"야, 너 겁먹었냐?"

"그게 아니라 뭔지 알아야 밤이든 도토리든 구워 먹을 거 아냐."

"글쎄, 뭐 나도 잘 모르겠는데. 선감학원의 어느 한 고참 형에게 들은 바로는 설악산에 북파 공작원 훈련소가 있다고 했거든. 우리가 바로 여기 들어온 것 같아. 선감도보다 더 무서운 지옥 훈련소……. 그런데 규모로 볼 땐 여긴 본대가 아니라 아마 지대인 것 같아. 설악산이 동서남북으로 워낙 넓고 높다더군. 바다에 가까운 외설악 쪽엔 여기완달리 대규모의 스파이 양성장이 있대더라. 풋비린내 나는 애들이 아니고 스무 살 넘은 놈들만 뽑는데 해병대 갔다 온 사람에다 심지어 범죄자까지도 있다더라구."

"그럼 우린 뭘 하는 걸까?"

"나도 그게 제일 궁금해. 나라를 위해 충성하는 일이라니 그런 줄 아는 거지 뭐. 일단 좀 자라, 자. 골머리 아무리 굴려 봤자 우리가 뭘 알겠냐."

"응, 잘 자."

"짜식아, 형이라고 한 번 불러 봐라."

"나중에 보고 나서."

"짜식, 그럼 좋은 꿈이나 꿔 둬."

"형도……."

청운은 스라소니에게 들리지 않을 만큼 자게 입속으로 독백했다. 그리고 소쩍새 울음소리를 들으며 청운은 어느 결에 잠 속으로 빠져들었다.

6.
악마산에서 시작한 지옥 훈련

청운이 잠에서 깨어났다. 스라소니가 손등으로 볼을 두드리며 어서 일어나라고 속삭이고 있었다. 호루라기 소리가 새벽의 정적을 날카롭게 찢었다. 문 바로 앞에 검은 모자들이 몽둥이를 들고 늘어선 채 곧 후려갈길 기세였다. 청운은 다급히 줄의 꽁무니에 따라붙었다. 연병장엔 아직 어둠의 너울이 남아 어스레했다. 대오가 갖춰지자 군용 점퍼 차림에 선글라스를 쓴 키가 좀 작은 교관이 앞으로 나섰다. 그는 대열을 훑어보며 말했다.

"여러분이 지금 서 있는 이곳은 '악마산'으로 불린다. 결코 여러분들에게 겁을 주기 위해서가 아니다. 지형이 가파르고 암벽이 많기 때문에 까딱했다간 순식간에 깊은 골짝 속으로 떨어져 죽기 때문에 자연히 별명이 된 것뿐이다. 그러니 각자가 힘과 기량을 재주껏 기르고 발휘해 살아남아야만 한다. 훈련 중 흘리는 한 방울의 땀은 실제 전투에서는 피 한 방울과도 같다. 최선을 다해 극기한 자는 적진에서도 살아남을 것이며, 자기 자신을 극복하지 못한 자는 개죽음을 당할 뿐이다!"

교관은 어딘지 좀 오만한 표정이었으나, 코 울림이 살짝 섞인 목소리엔 나름의 진정성이 도드라지곤 했다. 그는 헛기침을 한 번 뱉은 후 말을 이었다.

"여러분은 정규군이 아닌 특수요원이기 때문에 제대 날짜가 따로 없다. 일반 사회로 치면 평범한 회사원이 아니라 특별한 슈퍼맨인 것이다! 그러므로 모두가 자신의 한계를 한 단계 이기고 넘어가는 각고의 순간이 곧 '비룡승천일'이 된다. 그때가 오면 여러분은 지금 자신의 모습을 한갓 가여운 벌레로 추억할 수도 있으리라. 하지만 명심하라! 모든 배추벌레나 굼벵이가 나비나 매미로 환골탈태하진 못한다. 조금이라도 나태함에 끌려 성장하지 못하는 자는 가차 없이 도태될 수밖에 없을 것이다. 그건 곧 죽음이다. 알겠는가?"

"예!"

젊은이들의 목소리가 메아리쳤다.

"그럼, 실시하라!"

명령과 동시에 검은 모자의 조교들이 훈련병들을 닦달해 험한 산길로 이끌어 갔다. 청운은 별생각 없이 앞사람만 보며 뛰었다. 자기 뒤에 한 명도 없다는 것은 두려움을 불러일으켰다. 물론 한 명이 있긴 있었다. 검은 모자였다. 하지만 검은 모자의 조교는 같은 인간일 텐데도 저 승사자처럼 느껴졌다. 아무튼 이렇게 아름다운 풍광을 가진 산을 '악마산'이라 부르는 것이 이해가 되지는 않았지만, 놀러 온 것이 아니라 목숨을 건 훈련이다 보니 어느 부분 수긍도 갔다. 숲속이 어둑한 탓도 있었으나 가파른 바윗길이라 그런지 미끄러지고 자빠져서 비명을 지르는 사람이 제법 많았다.

"정신 바짝 차려라! 지금 이건 준비운동일 뿐이야. 악마산 사전답사란 말이다!"

하지만 산 중턱 저 멀리 빨간 깃발들이 꽂혀 있는 지점까지 한 시간 만에 갔다 오는 건 결코 준비운동이 아니었다. 청운을 비롯한 대부분의 대원들은 곧 기진해 쓰러질 듯 헐떡거리고 있었다. 그런 와중에 한 대원이 암벽 길에서 미끄러져 추락해 죽었고, 또 한 명은 허리뼈가 부러지는 치명상을 당하고 말았다. 그런데도 조교는 한 가닥 감정도 허용하지 않고 붉은 깃발이 펄럭이는 목표지점을 향해 대원들을 사납게 몰아쳤다.

청운은 분명히 사람의 비명 소리를 들었지만, 맨 뒤에 있다 보니 앞쪽에서 무슨 일이 생겼는지 실상을 알 수가 없었다. 그래서 앞에 선 대원에게 물어보았다. 그는 모른다고 고갯짓하곤 자기 앞사람에게 묻는 모양이었다. 하지만 그 대원 역시 모른다고 대꾸한 뒤 바로 앞사람에게 묻는 상황이 연속되는 듯싶었다. 대답이 돌아오지 않는 가운데 행군은 계속되었다. 그런 무지와 의문 속에서 청운은 왠지 상쾌한 아침에 걸맞지 않은 음침한 기색이 감도는 것을 느낄 수 있었다.

결국 붉은 깃발을 돌아 내려오는 길에야 청운은 대열 꽁무니의 다른 세 명과 함께 차출돼 부상자와 시신을 떠메고 가는 임무를 맡았다. 청춘의 꽃을 피워 보지도 못한 채 져 버린 시체는 외진 산자락에 매장되었다. 그리고 척추가 부러진 부상자는 병원으로 후송되었는데, 살았는지 죽었는지 그 후엔 통 볼 수가 없었다.

연병장에 모여 태껸 기본 동작으로 몸을 푼 후 아침 식사를 했다. 보리가 반쯤 섞인 밥에 멀건 된장국, 신 김치와 콩자반이 나왔다. 청운은 밥을 국에 말아 김치를 걸쳐서는 퍼먹었다. 검은콩은 별로 좋아하지 않았지만 영양을 생각해 먹어 두었다. 배가 고프기도 했거니와 청운은 원래 보리밥에 풋고추와 된장만으로도 만족하는 성격이라 대충 삼키고 넘겼다. 하지만 여기저기서 불만이 흘러나왔다.

"씨팔, 이걸 먹고 무슨 힘을 쓰라는 거여. 차라리 풀밭에 누워 별 하나 님 하나 세다가 죽으라고 하지."

"맨날 쌀밥과 고깃국에, 일주일에 한 번씩은 특식을 준다더니 말짱 거짓말이었군."

"언젠가 어느 동네 선배에게 듣기론, HID에 입대했는데 처음 사흘 동안 먹을 걸 일절 주지 않더래. 사회에서 낀 묵은 살과 기름기를 쫙 빼 버리기 위해 그랬대나 봐. 그래서 한밤중에 시골집에 몰래 들어가 닭 서리를 해서는 구워 배를 채웠대. 우리도 나중에 한번 해 볼까?"

"물색조 새끼들! 이제 보니 국가에서 공인한 사기꾼 놈들이었네. 씹어 먹을 놈들!"

청운은 땅바닥을 기어가는 개미를 내려다보며 생각에 잠겼다.

'국가에서 특별히 조직한 부대인데 그럴 수 있을까? 이왕이면 극한 훈련과 함께 좋은 음식을 먹여 체력을 기르게 하지 않을까? 이런 걸 먹고 어떻게 험한 바위산을 타라고 하는 건지 모르겠다. 혹시 모른다. 선감학원이나 형제복지원처럼 누군가가 중간에 슬쩍하고 있는지도.'

30분의 휴식 후에 오전 교육이 본격적으로 시작되었다. 교관이 말했다.

"북괴의 특수부대인 124군 부대는 험한 산에서 한 시간에 10킬로미터를 주파하는 괴력을 지녔다. 우리는 그들보다 1미터라도 더 달릴 수 있어야 한다. 실시!"

대원들은 30킬로그램쯤 되는 모래 배낭을 둘러메고 다리엔 3킬로그램이 넘는 각반을 찬 채 험난한 바위투성이 산을 기어오르기 시작했다.

'마치 바윗덩이를 진 느낌이군. 이건 정말 장난이 아냐. 언제 죽을지 알 수 없어. 바위와 바위에 낀 채 숨지는 내 그림자가 보이는 듯하군. 아! 도대체 왜 남북한이 쪼개져 서로 으르렁거리는 걸까? 땅도 좁은데 한 민족끼리 그만 싸우고 합심해서 오순도순 살면 좋을 텐데……'

청운은 땀을 흘리며 생각에 잠겼다. 모래는 처음엔 부드럽지만 등에서 땀이 잔뜩 흘러 염분과 섞이면 딱딱하게 굳어져 뛰다 보면 등짝에 심한 상처를 내곤 했다. 그래서 피부가 연한 청소년 대원들은 등가죽이 벗겨져 벌건 살 속에서 진물이 흘러내렸다. 훈련을 마치고 내무반으로 돌아오기가 무섭게 대원들은 모두 러닝을 벗은 채 서로서로 등에 하얀 가루약을 뿌려 주었다.

"그렇게 한 달쯤 지나면 딱지가 앉았다가 벗겨지기를 반복한 끝에 등에 영광스런 굳은살이 박히니 걱정 마라."

검은 모자 조교가 웃으며 말했다. 너무 지친 나머지 청운은 그 말이 무슨 개 짖는 소리처럼 들렸다. 그래도 가능하면 좋게 생각하려 했다.

'저 기간병들도 꿈 많은 청춘인데 다만 국가의 명에 의해 이곳에 차출돼 악독한 지옥사자 노릇을 하고 있으니 어떤 의미에선 오히려 피해자라고 할 수도 있어. 저 검은 모자 밑에 한 인간이 있고 정이 있고 꿈이 있을 텐데……'

모래 배낭과 각반을 벗어 버리고 나자 몸이 가뿐해진 대원들은 마치 날아갈 듯했다. 대원들 몇몇이 〈정선아리랑〉을 흥얼거렸다.

아우라지 뱃사공아 배 좀 건너 주소
싸리골 동백이 다 떨어진다
명사십리가 아니라면 해당화는 왜 피나
정선 읍네 물레방아는 사시장철 물을 안고 뱅글뱅글 도는데
우리 집에 서방님은 날 안고 돌 줄을 왜 모르나
아리랑 아라리요~ 아리랑 고개로 나를 넘겨 주소…….

오후 1시부턴 총검술과 사격 훈련이 시작되었다. 사격은 정확성과 함께 신속성이 요구되었다. 처음엔 명중이 목표였다. 100미터 떨어진 표적을 향해 30발 쏴서 28발 맞춰야 합격이었다. 정신 집중이 되면 표적 중앙의 작은 흑점이 점점 확대돼 야구공보다 더 크게 보였다. 그 순간 텅 빈 마음으로 방아쇠를 당기면 백발백중이었다. 하지만 다음 단계로 넘어가 2초 이내에 발사해야만 되자 헛방이 더 많았다. 그 단계를 통과하는 데 한 달이 걸렸다.

마지막은 움직이는 표적을 향한 사격술 연마였다. 무슨 면허증을 따는 게 아니라 특수전 현장에서 살아남아야 하기 때문에 본능적인 눈깜박임도 금지되었다. 일부러 송홧가루가 날리고 산벚나무 꽃이 어지러이 떨어지는 날 오래도록 훈련하기도 했다. 센 바람에 봄비가 부슬부슬 흩날릴 때 숲속에서 나뭇가지에다 번호판을 걸어 놓고 1번, 5번, 2번, 7번…… 조교가 부르는 대로 사격한 경우도 있었다.

그다음엔 격투술 수련이 이어졌다. 일반 사회에서 무술은 우선 자기 보호를 위한 체력 단련과 정신수양을 향해 수행된다. 하지만 단번에 적을 처치하지 못해 자기가 죽는 상황이라면 일격필살이 있을 뿐이다. 그래서 기본적으로 태권도를 비롯해 합기도, 유도, 권투뿐만 아니라 레슬링과 씨름 기술까지 습득했다. 최종적으로는 위급 상황 때 먼저 상대를 제압하는 게 급선무이므로 눈, 목, 명치, 사타구니 등 급소 공격법을 익혔다.

그런 후 맹견 세 마리가 들어 있는 링 같은 개 우리 속에 대원 한 명이 들어가 격투를 벌였다. 물론 바닥은 자연 그대로의 맨땅이었고 인간도 개도 맨손에 맨이빨이었다. 미리 한 끼니 굶기고 약을 바짝 올려놓은 개들은 독기 머금은 눈으로 허연 이빨을 드러낸 채 사람을 잡아먹을 듯 으르렁거렸다. 개들은 세 마리가 동시에 덤벼드는 경우는 드물었다. 조교들이 '쉭쉭!' 하고 독려하는 소릴 들으며 기회를 노리다가 한 놈이 선제공격을 하면 삼각형의 두 측면에서 달려들었다. 공격 개시 후 10초 내에 적을 제압하지 않으면 죽거나 치명상을 입었다. 그러므로 신속 정확히 급소를 타격하는 데 초점이 맞춰졌다.

청운의 차례가 왔다. 그는 미리부터 초조한 마음으로 떨고 있었다. 어릴 때 개를 쓰다듬다가 손을 물린 이후로 개 앞에 서면 저절로 떨리며 겁이 났다. 귀여운 강아지라도 만일 '아르랑~' 하고 흰 이빨을 내보이면 엉겁결에 놀라 자빠질 정도였다.

"어서 들어가!"

조교가 명령했다. 잔뜩 위축된 청운의 꼴을 살펴본 개들은 마치 웃음소리라도 내듯 으르렁댔다.

'어쨌든 들어갈 수밖에 없다. 하지만 지금 상태로 남의 지시에 따랐다간 죽을 수도 있다. 아, 어쩔까?'

청운은 일단 개 우리 속으로 들어갔다. 이마에서 땀이 방울져 흘러내렸다. 개들이 한껏 야수처럼 으르렁거리며 한 발짝씩 다가섰다. 흥분에 겨워 눈알이 불그스레해진 놈들은 곧 먹이를 향해 달려들 태세였다. 청운은 털썩 무릎을 꿇었다. 이어 양 손을 땅바닥에 댄 채 목을 흔들며 개처럼 컹컹 부드럽게 짖었다. 어디선가 비웃음 소리가 흘러나왔지만 개의치 않았다.

하지만 이미 좀 전에 인간의 피 맛을 본 개들은 점점 포악해져 갔다. 한 놈이 달려드는 순간 청운은 고개를 살짝 옆으로 젖히며 손가락을 세워 놈의 눈을 찔렀다. 그리고 몸을 공벌레처럼 잔뜩 움츠러 모아 뒤로 구른 뒤 일순 공중 잽이를 해 일어서며 다른 놈의 턱을 걷어찼다. 마지막 한 놈이 벌건 잇몸까지 드러내며 으렁거릴 때 청운은 우뚝 선 채로 이젠 아무런 두려움 없이 가만히 내려다보았다. 개는 인간의 눈을 슬쩍 한 번 쳐다보더니 살기를 띤 목청을 서서히 거두어들였다.

청운이 앉아 쓰다듬어 주자 개는 혀를 내밀어 다친 손을 핥았다. 그건 훈련의 한 과정이었으므로 모두가 통과해야 했다. 간혹 광기 어린 개의 이빨에 물려 목이 찢기거나 온몸이 만신창이로 변해 버린 경우도 있었다. 훈련은 끝이 없었으며 점점 더 강도가 높아졌다. '북괴군이 1미터 뛰니 우리는 1.1미터 뛰어야 한다.'라는 식의 말이 청운은 가장 싫었다. 왜 우리가 먼저 1.5미터를 뛰기 위해 창조적으로 노력하지 않고 남의 꽁무니만 따라다녀야 하는가? 북한 공산당을 괴물로 생각게 해 경쟁심을 불러일으키려 그러리라고 짐작했지만, 그래도 같은 조상의 피를 물려받은 동족을 악마니 괴물이니 욕하며 증오하려니까 왠지 자신이 괴물이 된 듯싶어 속이 별로 편치 않았다.

지도만 보고 목표지점을 찾아가는 독도법(讀圖法)을 익히고, 평양을 비롯해 북한 지역의 도시와 산악 지대를 촬영한 슬라이드 사진도 수십 번씩 보며 암기했다. 북한 말투도 시간 나는 대로 연습했는데 비중이 크진 않았고 그저 수박 겉핥기식이었다. 아직 본부 측에서 정식으로 밝히진 않았지만 대원들은 자신이 모종의 북파 특수 임무에 투입되리라고 예상했다. 북쪽에 넘어가 오랫동안 머물며 스파이 활동을 하는 게 아니라 단번에 치고 빠지는 단순 테러 행위가 아닐까 하고 청운은 짐작했다. 다들 나이가 어렸거니와 또한 훈련 과정이 그런 목적을 위해 진행되는 성싶었기 때문이었다.

워낙 산악을 종횡하는 체력 훈련이 고되었기 때문인지 단검 던지기나 철조망 통과법, 지뢰와 부비트랩 처리법, 폭파술 등은 짜릿하면서도 어딘지 어릴 때 하던 위험스런 놀이를 연상시켰다. 치밀한 준비 끝에 도화선(導火線)이 도둑의 발짝처럼 화급히 타들어 가 거대한 바위를 폭음과 함께 산산조각 낼 땐 마치 첫 몽정의 쾌감이 척추를 따라 내려 아랫도리께에서 맴도는 듯했다. 북으로 침투하는 과정 중엔 지뢰와 같은 장애물을 조심해야 했지만, 일단 북한 땅으로 넘어간 후엔 논밭이나 모래밭 그리고 나뭇가지 따위를 유심히 살펴야 했다. 모래밭에 새로 생긴 발자국이나 나뭇가지 사이에 매어 둔 투명한 실이 끊어진 것을 관찰한 후 추적하기 때문이었다. 좀 원시적이긴 하지만, 스파이를 죽이기보다 생포해 정보를 얻는 게 더 요긴했으므로 그랬을 터였다. 전기 철조망을 딴 후엔 꼭 엎드려서 기어가야 한다는 사실도 거듭 강조되었다.

이따금 휴식 시간에 편을 짜 오징어 게임 놀이를 하기도 했다. 하지만 그건 실상 놀이라기보다 생존 훈련이었다. 승자는 상을 받고 패자는 벌을 받았기 때문에 격심하게 몸싸움을 벌이다가 심하게 다치거나 죽는 경우도 있었다.

시간이 흘러 점차 익숙해졌다곤 해도, 저녁 9시부터 이튿날 새벽 5시까지 실시되는 야간 교육 때는 특히 조심해야 했다. 깊은 숲속의 암산과 계곡을 어둠 속에서 걸을 때는 한 발짝 한 발짝, 한 찰나 찰나가 삶과 죽음의 위태로운 줄타기를 하는 심정이었다. 어둠 속에서 한 끗만 까딱 잘못 디디면 낭떠러지로 미끄러져 죽거나 중상을 입곤 후송돼 존재 자체가 사라졌다. 상황에 익숙해질수록 다른 동물은 더 주위를 기울이는데 인간은 오히려 나태해지는 건 혹시 신께 선택받은 만물의 영장이라고 자부하기 때문일까? 지쳐 빠져 잠자리에 눕게 되면 민족도 국가도 적도 나도 별로 의미가 없다는 사실을 꿈결인 양 느끼게 되고, 결국엔 그걸 느낀다는 사실마저 무의미하다는 환각 속에서 잠들었다.

7.
알랭 들롱이 죽다

청운이 있는 지옥 훈련소에서도 봄이 지나고 어느덧 여름으로 접어들었다. 깊은 산중이라 그런지 계절의 변화가 유달리 느껴지진 않았다. 하지만 무성한 나뭇잎을 비껴 순간순간 내리쬐는 햇살은 날이 갈수록 점점 마치 불화살처럼 따가워졌다. 특히 바람도 별로 없는 숲속을 행군하거나 완전히 노출돼 뜨겁게 달아오른 바위 절벽을 헐떡헐떡 기어 넘을 땐 지옥의 칼산에서 무망한 사투를 벌이는 듯해 못다 핀 푸른 청춘을 포기해 버리고 싶기도 했다.

'인생이란 과연 아득바득 살아갈 만한 의미가 있는 것일까? 개구리가 태어나 몇 번 폴짝폴짝 뛰어다니다가 순식간에 뱀에게 잡아먹히고 말듯 별 가치도 없지 않을까?'

청운은 무정한 여름 하늘을 쳐다보며 생각했다. 처음에 스물네 명이었던 대원은 서너 달 사이에 죽거나 병신이 돼 퇴소하고 열다섯 명만 남아 있었다. 훈련 중 사고사가 가장 많았지만 검은 모자의 폭행으로 죽은 경우도 적지 않고 자살자와 탈영병이 각각 한 명씩이었다.

'조교들도 미운 정 고운 정 다 든 대원을 설마 때려죽이려고 하진 않았을 것이다. 그렇다고 위에서 그런 명령을 내렸을 리도 없다. 그런데 왜 그런 살인 행위가 벌어지고 있는 것일까? 검은 모자들은 자기 뜻이 아니라 국가의 명령 때문에 어쩔 수 없이 이곳에 와서 청춘을 허비한다고 생각하는지도 몰라. 이렇게 폐쇄된 곳에서는 모든 사람이 자기 아래라 생각하니 스스로 왕이 된 기분일 수도 있겠어. 그래서 우리 같은 사람은 벌레 취급을 해도 괜찮다는 착각을 하게 되는지도 모르겠다.'

그날의 일은 사실 별것 아닐 수도 있었다. 고된 훈련 후 점심으로 나온 보리가 반쯤 섞인 밥에, 단무지를 고추장에다 듬뿍 찍어 우적우적 씹던 알랭 들롱 녀석이 한마디 툭 내뱉었다. 해운대 바위 절벽 위에서 연인을 떠나보냈던 그 슬픈 로맨스의 주인공이었다.

"차라리 바윗덩일 삶아 앞에 놓고 함께 공평하게 뜯어 먹지."

"말하면 뭣 해. 그냥 조용히 한 끼 때워."

청운이 말했다.

"이런 산중에서 생사고락을 같이한다면서, 어떤 놈은 무쪽이나 씹고 어떤 놈들은 고기 통조림 깡통을 딴다니 말이 돼?"

"조용히 처먹어, 새꺄!"

조교 하나가 어느 틈에 다가와 나무라며 개호주의 뒤통수를 툭 쳤다. 평소엔 고분고분한 편이던 알랭 들롱 녀석의 눈이 휘둥그레졌다. 녀석은 식판을 들어 조교의 낯짝으로 내던졌다. 죽으나 사나 훈련받은 만큼 겨냥은 정확했다. 고추장이 코끝과 눈가에 잔뜩 묻은 조교의 얼굴은 마치 연극 무대에 선 광대 같았다.

"개새끼! 하극상은 즉결처분이란 걸 아직도 몰랐던가 보네? 혹시 알고도 그런 거냐? 무릎 꿇어!"

조교는 입꼬리를 일그러뜨리며 주절거렸다. 만약 그 때 알랭 들롱 녀석이 무릎을 꿇고 용서를 빌었다면 어찌 되었을까? 조교는 마음을 풀고 녀석의 뒤통수나 한 대 치고 말았을까? 모를 일이다. 대체로 한국 사람은 정이 많다곤 하지만, 이성적인 면에 약해선지 자기 이익이나 감정에 따라 일을 처리하는 경우도 많다. 알랭 들롱 녀석은 가만있다간 맞아 죽어 시체가 될지도 모른다고 생각했을까? 그가 무슨 말인가 하려고 입을 여는 순간 조교의 성난 주먹이 기다렸다는 듯 곧장 거칠게 강타했다. 벌건 코피를 뚝뚝 흘리며 반항하려는 기세를 보이자 조교는 알랭 들롱의 머리를 붙잡곤 무릎뼈로 얼굴에 일격을 가했다. 단말마 같은 비명과 함께 알랭 들롱 녀석은 땅바닥으로 나뒹굴었다. 코와 입도 피투성이였지만 눈알 한쪽이 터졌는지 감싼 손가락 틈으로 붉그죽죽한 액체가 흘러내렸다. 그는 이리저리 뒹굴며 계속 신음 소리를 냈다.

"너무하네. 저러다가 사람 잡겠군."

"씨팔! 사람이 아니라 개새끼 꼴이잖아. 조국과 민족을 위한 특수요원이라더니 말짱 도루묵이군."

"물색조 새끼들한테 속아서 여기까지 들어온 우리가 쪼다지 뭘. 세상에 사기꾼들이 많다지만 명색이 한 국가에서 그런 거짓말쟁이들을 내세워 순진한 애들을 속이다니. 만일 내가 살아 나가서 그 사기꾼을 만나면 입주둥일 칼로 잘라서 개한테 던져 줄 테야!"

"아가리 닥쳐!"

조교는 붉으락푸르락해져 권총을 뽑아 들었다. 대원들이 웅성거렸다. 이어 모두들 '우우' 하고 야유를 보냈다. 난동이라도 일어날 기세였다. 그 순간 총소리가 울려 퍼졌다.

"탕!"

땅바닥에 먼지가 일었다. 그와 동시에 다른 조교들이 우르르 몰려들어 훈련병들을 둘러싸곤 총구를 들이댔다.

"죽고 싶은 놈은 당장 나서고, 살고 싶은 놈은 그 자리에 가만히 앉아라!"

아무도 명령에 따라 앉는 자는 없었고 오히려 엉거주춤 쭈그려 앉아 있던 자들마저 식판을 놓고 일어섰다. 팽팽한 긴장이 감돌았다.

"명령이다! 다섯을 셀 때까지 복종치 않으면 즉결처분하겠다! 하나, 둘, 셋, 넷……."

그 순간 땅바닥에 뒹굴어 있던 알랭 들롱 놈이 겨우 상체를 일으키더니 힘겹게 입을 열었다.

"잠깐…… 이 일은 나 때문에 생긴 것이니 다른 동지들에게 결코 피해를 주지 마시오. 내 몸은 죽어 조국 산천의 한 줌 흙이 되겠지만…… 죽음이 두려워 아까 내가 했던 말을 순간적인 실수라곤 하지 않겠소. 조교 당신들을 욕하고 싶진 않아. 흐흣, 딩신네들도 우리와 똑같은 피해자가 아닐까 싶으니까. 윗대가리 분들이 알갱이는 다 쪽쪽 발라 먹고 쭉정이만 우리에게 내려 주니까 맨날 비렁뱅이보다 불쌍한 신세지."

그 순간 조교의 군홧발이 녀석의 턱을 세게 걷어찼다. 배우 알랭 들롱을 좋아하던 녀석은 영화에서처럼 멋진 장면을 보여 줄 여지도 없이 뒤로 쓰러지며 머리를 맨땅에 부딪혔다. 혀끝이 반쯤 잘린 채 아직 할 말이 있는 듯 파르르 떨었다. 성한 한쪽 눈을 허옇게 까뒤집은 참혹한 꼴로 팔다리를 부르르 떨어 댔다. 터진 한쪽 눈과 입에서는 피가 덩이져서 흘러내렸다. 청운의 머릿속엔 문득 '몬도가네'인가 하는 영화에서 언젠가 본 적이 있는 장면이 떠올랐다.

그 영화에서는 사람이 하늘을 쳐다보는 소의 등을 시퍼런 도끼날로 찍자 소는 엉겁결에 비명도 지르지 못한 채 풀썩 주저앉았다. 앙고라 토끼의 털을 더 많이 수확하기 위해 깎지 않고 사람이 손으로 몽땅 잡아 뜯는 장면. 담비나 밍크의 모피는 살아 있을 때 벗겨 내는 게 최상품이 된다며 생체로부터 가죽을 박탈하는 무자비한 장면. 오래전에 청운 자신의 눈으로 보았던, 무허가 도살장에 누렁이를 산 채로 묶어 놓은 뒤 불로 털을 그을리며 웃어 대던 사람들의 모습. 짐승들은 고통이 극에 달한 때문인지 한순간의 짧은 비명 외엔 아무런 소리조차 내지 못했다.

함께 고생했던 사람 하나가 그런 꼴로 연병장에 쓰러져 붉은 피로 땅을 적시고 있었다. 살아남은 대원들의 웅성거림이 점점 커지며 한데 모이고 있었다. 죽음 자체가 무섭지 않다기보다 응어리진 울분이 터져 나오는 모양이었다.

"조국을 위해 이 한 목숨을 바칠 수는 있다! 하지만 사람대접을 받지 못하고 개죽음을 당하긴 싫다!"

"좀 전까지만 해도 형제처럼 함께 울고 웃다가 저렇게 비참하게 죽어 가는 모습은 내일의 우리 꼴일 수도 있다!"

"당장 최고 책임자를 불러서 진상을 밝히고 대책을 강구하라!"

그 때 문득 푸르스름한 하늘빛 안경을 걸친 교관이 나타나 일장연설을 시작했다.

"여러분, 내 말을 지금부터 명심해서 듣기 바란다. 어디에든 고난 없는 열매는 없다. 여러분은 정규군이 아니라, 곧 특수부대 요원으로 활약하기 위해 지금 뜨거운 용광로 속을 통과하고 있는 훈련병들이다. 극복하지 못하면 인생 자체가 무용지물이 될 만큼 중대한 사다리이자 절벽의 중간에 서 있는 것이다. 어려움을 극복하고 올라가면 영웅이 될 것이요, 자기 자신을 극복하지 못해 추락한다면 짓뭉개진 지렁이 꼴이 될 뿐이다. 여러분은 아직 잘 모르겠으나, 인간이란 존재는 미완

성품이기 때문에 노력하기에 따라 신의 아들이 될 수도 있고 악마 새끼가 될 수도 있음을 명념해야 한다!"

교관은 잠시 연설을 멈추곤 대원들을 훑어보았다. 청운은 눈살을 찌푸리며 입속으로 중얼거렸다.

'어딘지 사이비 종교 교주가 지껄이던 소리와 비슷한 느낌이 드는군.'

교관은 헛기침으로 목청을 다듬은 뒤 연설을 계속했다.

"여러분은 앞으로 우리 국가 방위의 최첨단 특수요원들이 될 신분이다. 누구든 고난을 겪지 않으면 결코 영웅이 되지 못한다! 그러니 현재 어려움이 많더라도 불평불만에 빠져서는 절대 안 되리라. 미래의 꿈을 바라보고 전진하라! 흐흠, 앞으로 여러분이 작전을 수행케 되면 결사적인 자세로 나서야 하며, 아니 할 말로 임무수행 중 혹시 죽는 경우도 전혀 배제하지는 못하리라. 하지만 추운 겨울을 이겨 내고 핀 꽃은 아리따우며, 한 그루 나뭇가지에 핀 매화꽃은 형제자매와 같으니…… 그중 한 송이가 꽃샘바람에 떨어진들 어찌 더 고귀하고 어여쁘지 않겠는가!"

"우린 꽃이 되려고 여기 온 게 아닙니다. 앞으로 인간답게 살 수 있도록 대책이나 좀 마련해 주시죠."

맨 앞에 서 있던 대원이 말했다.

"꽃은 비유일 뿐인데. 어쨌든 지금 여러분의 생사는 우리나라의 생사와 같다. 여러분의 충성과 붉은 피의 희생이 있기에 우리 국가와 부모 형제자매가 편안한 생활을 유지하는 것이다. 의무적으로 군문에 들어왔다가 나가는 일반병과 달리 여러분은 특수부대원으로서의 자부심만큼은 지녀 주길 바란다. 음, 우리 한반도에서는 남한과 북한이 동족상잔의 피비린내 나는 전쟁을 벌이다가 지금은 정전이 아닌 휴전 상태에 있다. 전쟁이 끝난 게 아니라 잠시 쉬고 있는 중인 셈이다. 그런데 북괴군은 신사협정을 어기고 여기저기서 도발을 감행할 뿐만 아니라 간첩을 남파해 전국에 암세포를 뿌리고 있는 실정이다. 우리라고 가만히 서서 당할 수도 없고, 공개적으로 정규군을 투입해 대적하려니 유엔의 제재를 받기 때문에 바로 이 시점에 여러분의 영웅적인 활약이 필요하게 된 것이다! 만일 북괴의 침략이 없었더라면 여러분이 이처럼 생고생하며 고된 훈련을 받지 않아도 좋을 텐데 말이다. 하지만 북괴의 도발은 갈수록 대담해지고 있다. 만일 허점을 보인다면 또 동존상잔이 벌어진다. 나는 여러분을 민족을 구원할 투사로 믿고……."

"꼭 짐승처럼 뚜드려 팬다고 사람이 강해지고 복종하는 건 아닙니다. 사람이 사람을 사람답게 대해 준다면 우리도 대의를 위해 고생을 씹어 삼키겠습니다."

"음, 여러분의 뜻이 무엇인지 잘 알았다. 앞으로 여러분이 대한민국의 정예 투사 후보로서 성실히 훈련 과정에 임해 준다면 제1차 교육기간이 끝나는 가을쯤 동해 시내로 나가 기념 회식을 하고 또한 특별 휴가도 고려해 보겠다. 알았나?"

"예!"

그리하여 험악하던 사태는 겨우 가라앉았다. 그동안 부상자는 숨이 끊어져 시체가 되었다.

8.
빵빠레오~ 빠삐용

 이튿날부터 다시 지옥 훈련이 시작되었다.

 원래 사람의 마음이란 최악으로 치달았다가도 상황을 개선키로 약속하게 되면 누그러들어 목표를 향해 최선을 다하게 된다. 우직한 사람들일수록 자신의 목숨까지도 바쳐 약속을 지키려 애쓰는 것이다. 청소년 대원들이 바로 그러했다. 그들은 마치 젊은 독수리가 바위 절벽 위의 둥우리를 벗어나 창공으로 날아오르려 날갯짓하듯 사나이로서의 의리를 지켜 한 명의 당당한 성인이 되려고 땡볕 아래서 이를 악문 채 극기를 해 나갔다. 새벽 6시에 일어나 저녁 6시에 훈련이 종료될 때까지 식사 시간만 빼고 산악을 기어오르거나 일격 필살법을 익히거나 은신술을 수련했다. 줄타기는 한 줄 타기, 두 줄 타기, 세 줄 타기가 있었

다. 어느 경우든 까딱 방심했다간 까마득한 바위 계곡으로 떨어져 즉
사했다. 줄에 매달린 대원들은 이승과 저승을 수십 번씩 넘나들었다.
공중 낙하는 별다른 장비도 없이 절벽에서 뛰어내리기를 높이만 바꿔
가며 무수히 반복했는데, 그 과정에 잘못 낙하해 발목이 부러지거나
심지어 뇌진탕으로 죽는 경우마저 있었다.

여름이 끝나 갈 무렵엔 동해안의 작은 무인도로 들어가 바닷가 침투
훈련을 받았다. 낭만은 없었다. 설령 있다 하더라도 여름 바다를 향해
환하게 발산되는 게 아니라 속 깊이 잠겨 침묵하는 산호(珊瑚) 같은 것
이었다. 입에 자기 이름이 적힌 하얀 깃발을 문 채 헤엄쳐 가 100미터
밖의 부표에 꽂아 둔 후 붉은 기를 찾아 물고 되돌아오는 수영 훈련은
가파른 바위 절벽을 타고 오르는 훈련과는 또 다른 까마득한 생사 간
의 체험이었다.

그때까지 살아남은 인원은 겨우 열 명뿐이었는데, 선착순 다섯 명
은 모래밭에 앉아 휴식을 취하도록 했고 뒤처진 다섯 명은 벌로 여름
식 '빵빠레'를 당했다. 원래 빵빠레란 추운 겨울날 알몸으로 깊은 계곡
의 얼음을 깨고 들어가 얼굴만 내놓은 채 쭈그려 있는 형벌이었다. 온
몸에 큰 바늘로 찌르는 듯한 극심한 통증이 몰려들어 차츰 감각이 마
비돼 버려서 추위조차 못 느끼는 순간 "일어서라!" 하는 명령이 내려
진다. 물 밖으로 알몸뚱이를 내놓는 순간 오히려 물속이 더 따뜻하게
느껴질 정도로 전신이 꽁꽁 얼어붙는 느낌을 체감하게 된다. 이가 덜
덜 떨리면서 괴상한 소리를 저도 모르게 흘려 내는 자도 있다. 차가운

겨울바람은 맨살을 칼로 난도질하는 듯싶다. 차라리 물속이 나을 듯해 주저앉으면 "개새끼!"라는 욕설과 함께 검은 모자가 휘두르는 몽둥이질에 박이 터져 핏물이 줄줄 흘러내린다. 이승과 저승은 한순간에 엇갈린다. 그 모습을 보면서 다른 훈련생들은 죽음을 잊고 자신의 한계를 초월하게 되는 것이다. 생과 사의 경계에서 이뤄지는 훈련을 통해 단시간에 최고의 인간 병기를 만드는 게 검은 모자들의 목적인지도 몰랐다.

만일 개미 한 마리를 빵빠레 아이스크림 속에 집어넣어 놓으면 얼음 속에서 '빵빠레!' 하고 침묵 속의 비명을 내지를지…….

여름 빵빠레는 그걸 응용하되 결코 덜하지 않은 형벌이었다. 죄인으로 지목된 대원들은 바닷물 속에 잠수케 한 후 3분을 견뎌 내면 건져서 살려 주었다. 그 전에 해면 위로 올라오는 대가리는 기다리고 있던 조교들이 무자비하게 내려치는 몽둥이에 맞아 벌건 핏물을 뿌리며 죽어가기도 했다. 살려면 짠 바닷물 속으로 숨어야 했지만 이미 숨이 가쁘도록 차서 물을 잔뜩 들이켠 상태라 더 이상 견디기는 어려웠다.

마치 작살을 맞은 물고기나 개구리처럼 사지를 버둥거리는 동료들을 보면서 청운은 선감도 앞바다에 누워 거센 파도에 휩쓸려 가던 삐에로 형을 생각했다. 그리고 잇달아 박꽃 누나의 핼쑥한 얼굴이 눈앞을 맴돌며 애처로운 눈길로 오라는 듯 손짓하는 것이었다.

다음번 수영 때 청운은 붉은 기가 꽂힌 반환점까지 선두를 지키며 헤엄쳐 갔으나 되돌아오지 않고 망망대해를 향해 계속 나아갔다. 해변

쪽에서 호루라기 소리가 났지만 그냥 헤엄을 쳤다. 귀환을 독촉하는 야단스런 메가폰 소리를 듣고서야 청운은 제정신이 든 듯 되돌아갔다.

"개새끼! 죽으려고 환장했어? 넌 이미 국가의 소유이기 때문에 죽을 때도 네 맘대로 죽을 순 없단 말이야!"

"쌍놈이 빠삐용처럼 탈출하려 했는지도 모르지. 흠, 그럼 빠삐용이 어떤 건지 한번 당해 봐라!"

조교들이 발길질을 하며 악을 썼다. 그러더니 훈련병들에게 명령해 허연 파도가 밀려드는 바로 앞의 백사장에 깊은 구덩이를 파게 했다. 청운은 그 속에 들어가 목만 내놓은 채로 묻혔다.

원래 '빠삐용'은 하극상이나 탈영을 감행한 훈련병들에게 가해지는 형벌이었다. 연병장 한쪽에 파 놓은 구덩이에다 죄인을 얼굴만 보이게 묻은 후 물 한 모금 주지 않고 방치했다. 고통 속에서 서서히 죽어 가며 참회하라는 뜻인지도 몰랐다. 사흘이 지나면 꺼내 주지만, 대부분 그 전에 미쳐서 고함을 지르거나 울부짖다가 탈진해 죽고 말았다.

청운은 구덩이 속에서 괴로움을 참으며 바다와 하늘을 번갈아 쳐다보았다. 따가운 땡볕이 정수리 위에 내리쬐고, 거대한 짐승 같은 바다의 거친 숨결인 양 파도의 허연 포말이 밀려와 입술을 핥았다. 그나마 대원들이 훈련을 마치고 100미터쯤 떨어진 숙영지로 가 버리자 공포보다 더한 고독감이 밀려들었다. 석양이 핏빛 같은 노을의 잔영을 떨구고 사라졌다. 어스름 속에서 청운은 몸부림을 쳐 보았으나 모래는 파낸 좁은 희망의 공간을 곧 채우며 차가운 절망만을 안겨 주었다.

밤이 되자 파도의 허연 이빨과 섬뜩한 혀는 점점 거세게 목과 얼굴을 물어뜯고 핥았다. 선감도에서 '징벌의 십자가'에 매달렸던 기억이 났다. 밤새도록 바닷물 속에 갇혀 신음하던 생사 교차의 시간……. 하지만 그땐 혼자가 아니었다. 삐에로 형과 함께 여린 숨결이나마 나누며 서글프고 누추한 인생을 추억할 수가 있었다. 이젠 아무런 도움도 바랄 수 없는 상황에서 고독의 무서움을 체험해야만 했다. 세상천지가 온통 암흑이었기에 차라리 청운은 한숨을 쉬며 눈을 감아 버렸다.

'인간이란 대체 무엇일까?'

청운은 생각에 잠겼다. 까마득한 시간을 이겨 내 보기 위해서였다. 평소엔 하지 않던 개똥철학도 상황에 따라서는 저도 모르게 하게 되는 모양이었다. 하지만 자기 자신이나 인간들의 고상한 정신적인 면에 대해 사색을 해 보려 하자 모래 속에 묻힌 몸이 차갑게 식어 버리는 듯했다. 그래서 별수 없이 저속한 면에 관해서만 생각했다.

'만물의 영장이라면서 욕심을 지나치게 채우려는 동물.'

'같은 종족끼리 패를 갈라 싸우는, 개미나 꿀벌보다 훨씬 잔인하게 동족을 살해하면서 낄낄 웃어 대는 광인들…….'

하지만 그런 개똥철학이나마 더 이상 계속할 수가 없었다. 밤이 깊어질수록 파도 또한 더 거세어져 밀려왔다. 점점 다가온 파도의 거품은 턱을 넘어 입술에 차가운 키스를 하며 간질였다. 부드럽고도 강인한 바닷물은 곧 이어 철썩거리며 밀려와 코를 들이쳤다. 소리쳐도 소용없다는 사실을 이미 알았기에 청운은 입을 꼭 다문 채 숨을 멈추곤 가만히 있었다. 그는 돌덩이처럼 안간힘으로 버텨 낼 뿐이었다. 자정이 지날 무렵엔 물결이 아예 머리를 넘어 뒤쪽으로 서너 걸음쯤 더 가서야 멈췄다가 되돌아갔다. 그리고 더 거센 기세로 밀려왔다가 내려가길 되풀이했다. 청운은 그때마다 눈과 입을 꽉 닫곤 땅속 어딘가 지옥에서 고통받고 있을 가련한 사람들을 생각해 보며 죽음 같은 시간을 참아 냈다.

"엄마…… 지금은 어디서 무얼 하고 계세요? 너무 보고 싶네요. 엄마, 저 좀 살려 주세요! 아니, 아녜요. 제가 힘껏 견뎌 낼게요. 엄마를 만나면 옛날보다 더 나은 모습을 보여 드리기 위해 노력하고 있거든요. 검정고시 책에서 이런 말을 보고 속으로 외워 두었는데. 한번 되새겨 볼게요. 엄마, 들리세요?"

청운은 독백하듯 중얼거렸다. 지친 얼굴로 밤하늘에 반짝이는 별을 쳐다보았다. 그러더니 갑자기 청운의 고개가 푹 꺾이더니 모래밭에 코를 묻었다. 아마 잠이 든 모양이었다. 차츰 물결선이 낮아지는 성싶었다. 아직 한 번씩 파도가 밀려와 얼굴을 덮쳤으나 죽은 듯 꼼짝도 하지 않았다. 설령 죽는다 한들 그 누가 슬퍼해 주겠는가. 새벽녘이 지나 아침빛이 비쳐 올 즈음에야 청운은 겨우 깨어났다. 누군가 뺨을 세차게 치며 욕을 하고 있었다.

"이게 아직 뒈지지 않았네? 빠삐용이 된 꿈이라도 꾸었냐? 원래는 사흘간 묻어 놓지만 바닷물 먹은 값으로 사면한다. 야, 꺼내 줘라!"

조교가 명령을 내렸다. 청운은 명줄은 붙어 있었지만 반쯤 죽은 상태였다. 그런데도 구덩이에서 끌어내 모래사장에 팽개쳐 두었을 뿐 아무런 조치도 취하지 않았다. 청운은 뙤약볕 아래서 말라 가는 지렁이처럼 꿈틀거리며 메마른 신음을 뱉어 냈다. 정오를 지나 점심 식사를 할 무렵에 누군가 급히 청운 쪽으로 달려왔다. 그는 청운의 상반신을 일으키곤 수통 속의 물을 입에 바짝 대 부었다.

청운의 눈이 스르르 뜨였다.

"스라소니 형⋯⋯."

"그래, 어서 정신 좀 차려."

"형, 고마워⋯⋯."

"아냐, 내가 더 미안해. 간밤에 살짝 와 보려 했는데 조교한테 걸리는 바람에. 좀 더 마셔. 야, 그리고 여기 건빵 봉지 묻어 둘 테니 좀 있다가 살짝 빼 먹어."

스라소니는 올 때보다 더 빨리 달려가 버렸다. 청운의 눈에 눈물 한 방울이 맺혀 떨다가 백사장으로 떨어졌다.

원대 복귀 후에도 훈련은 계속되었다. 늘 받아 온 터라 육체적으로 고통스러울 건 없었다. 오히려 초가을로 접어들어 푸르던 잎새들이 누렇게 변해 소리 없이 산골짜기로 떨어지는 모습을 보며 대원들은 자기 자신이 낙엽이라도 된 듯 암울한 표정이었다.

지난번에 교관이 직접 공약했던 회식이나 외출 건에 대해서는 꿩 구워 먹은 듯 일언반구도 없었다. 심란해진 대원들이 참고 있던 불평불만을 터트리며 단체로 '땡깡'을 부리자 교관이 다시 선글라스를 낀 채 나오더니 말했다.

"나도 인간이므로 여러분의 고충을 잘 알고 있다. 사실 그동안 고생도 많았다. 청춘의 자연스런 본능이나 욕망을 억눌러야 했던 고충도 모르는 바 아니다. 하지만 그런 욕망을 꼴리는 내로 쏟아 버리는 건 짐승이나 곤충도 할 수 있는 평범한 짓이다. 여러분은 특수 신분이며 초인적인 존재를 지향해야만 한다! 그런 욕망, 즉 에너지를 고급스런 이상으로 승화시켜 위대한 업적을 이루어야 하는 것이다! 여러분을 민족의 영웅으로 성장시키기 위한 사업이다. 힘을 모아 조금만 더 가자! 마침 내일부터 최종적이라고도 할 수 있는 훈련이 실시된다. 생명을 걸고 최선을 다해 살아남는 자에게만 천국의 축복이 내릴 터이니 기대하라!"

교관은 말을 마치자 서산 너머로 잠겨 가는 붉은 태양을 쳐다보며 미소 지었다. 대원들은 긴가민가하면서도 별도리 없이 또 한 번 믿어 보기로 했다.

소년 비밀요원과
공동경비구역

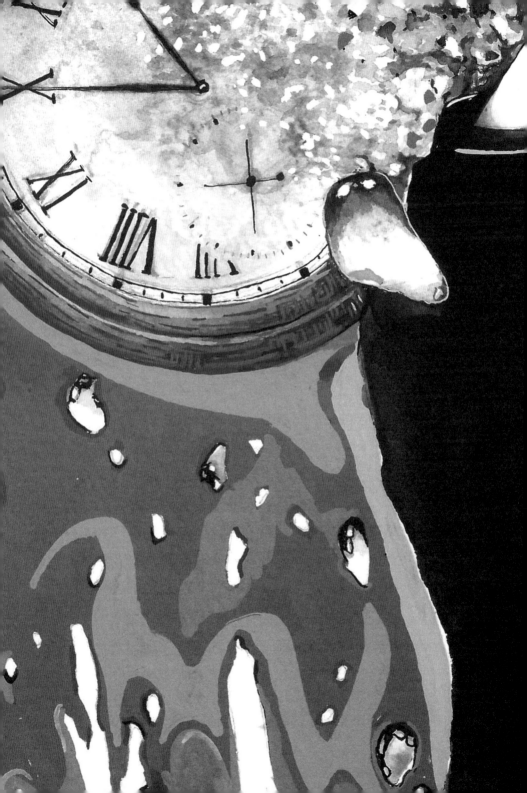

: 2부 :

1.
생존의 기술,
뱀처럼 움직이고 두더지
처럼 숨어라-

날이 밝았다.

오전엔 '극한생존법'이란 소책자를 교재로 삼아 특강이 있었다. 어떤 열악한 조건에서라도 극복하고 살아남는 법에 대한 특강이었다. 하지만 교본 자체가 미국 특수부대의 교범을 짜깁기한 것이라 그런지 한국의 상황에 적용하기엔 허무맹랑한 내용이 많았다. 그래도 유명한 북한 연구가 겸 군사 전문가이며 퇴역 장군이라 소개된 초청 강사는 자신의 지론을 밀고 나갔다.

"내가 미국에 있을 때 연구한 프로젝트 중 하나이니 잘 듣기 바란다. 흠, 여러분들이 만약 네바다 사막에서 표류하다가 붉은 개미 떼의 습격을 받았다면 어떻게 하겠는가?"

아무도 대답하지 않았다.

"그래, 힘들 거야. 물도 진흙도 없는 사막에서 하느님께 불개미를 죽여 달라고 부탁할 수도 없고⋯⋯. 뭐라구? 도망치는 게 좋다구? 흠, 불개미는 보통 개미가 아니야. 마치 북한 놈들처럼 악착같을 뿐더러, 자기 조상마저 부정하고 불사조인 척 허세를 떨며 강경하게 나온다니까. 그냥 가만히 있는 게 상책이야. 괴롭더라도 견뎌 내는 게 최선이란 말이야. 시체처럼 죽은 듯 가만히 있으면 불개미 같은 놈들도 물러나는 걸 내가 분명히 봤어. 그러니까 그 시간에 영어 단어 하나라도 외우는게 현실적이란 얘기야."

깊은 산중에 웃음소리가 공허하게 울려 퍼졌다. 그 당시는 혁명 시대였다.

"지금부터 너희들에게 지급하는 비상식량은 단 하루치뿐이다. 더이상은 없다. 이제부터 너희들은 깊은 산속으로 들어가 사흘 동안 은신해서 생존해야 한다. 이것은 실전 상황과 같은 훈련임을 명심하라! 조교들이 대항군으로 변신해 너희들을 수색한다. 발각되는 자는 사흘 동안 빠삐용 형벌에 처하겠다. 발각은 곧 죽음과 같다!"

대원들은 완전 군장을 재차 점검한 후 검은 모자 조교들의 인솔에 따라 깊은 산중으로 5리쯤 행군해 들어갔다. 숲이 울창해 어디가 어딘지 분간하기 힘들 지경이었다.

고참 조교가 감정이 없는 어조로 말했다.

"지금부터 생존 훈련에 들어간다. 뱀처럼 이동해 두더지처럼 숨어야 한다. 대항군 조교들의 수색은 밤 8시부터 시작된다. 총알을 발사하는 경우는 없겠지만 수색 중에 총검이나 죽창으로 땅바닥을 찌르게 되니 참고하기 바란다. 사흘 후 잠적 해제 방송이 개시되면 한 시간 이내로 바로 본부까지 도착해야 한다. 신속정확! 즉 은밀한 곳에 비트를 파고 잠적하는 건 좋지만, 너무 멀리 벗어나는 건 일종의 도망과 같다는 얘기다. 무슨 말인지 알겠나?"

"예!"

"그럼, 실시!"

2인 1조로 이뤄진 대원들은 지도와 나침반을 지닌 채 산속으로 숨어들었다. 청운은 개호주와 한 조가 되어 움직였다. 입소 첫날 자기소개 때, 시끄럽게 짖어 대는 애완견을 잡아먹고 여자 주인의 처녀성을 복수심으로 농락했다고 떠벌이던 바로 그놈이었다. 간혹 눈을 짐짓 음흉스레 뜨고 노려보며 코를 크게 벌름거리는 게 버릇이긴 해도 속은 순박한 녀석이었다.

"이쯤이 어떨까? 한갓지고 수풀이 우거져 괜찮을 듯한데……."

청운이 말했다.

"아냐, 이런 음침한 곳일수록 조교 애들이 더 들쑤셔 본다구. 저리 좀 더 올라가 보자."

개호주가 습관적으로 콧바람을 불어 내며 대꾸했다. 그 넓고 깊은 숲속에서 막상 은신처를 찾으려 드니 쉽게 발견되지 않았다. 실전 같은 상황이니만큼 대충 장난삼아 섣불리 행동하다간 정말 큰코다치든지 운이 나빠 뒈질 수도 있었다. 다른 대원들은 다 어디로 갔는지 고요 속에 구슬픈 두견새 울음소리만 이따금 들려올 뿐이었다.

한동안 더 올라가자 청량한 물소리가 나더니, 어둠을 배경으로 허연 폭포가 마치 벌거벗은 여인이 추는 격렬한 춤처럼 떨어져 내리고 있다. 가만히 그 모습을 바라보던 개호주가 말했다.

"야, 어떤 감이 오지 않냐? 고불고불 허리를 돌리듯 떨어지던 물이 저 아래에선 치마처럼 퍼지면서 곧장 떨어져 내리잖아."

"응."

"어릴 때 만화를 보면 꼭 저런 곳에 동굴이 있거든. 만화처럼 큰 동굴은 없겠지만 작은 굴 같은 게 있을 수도 있어. 야, 한번 가 보자!"

개호주는 말을 맺기도 전에 산길을 살짝 에돌아 폭포수가 떨어지는 곳으로 내려갔다. 청운은 헛소리 같아 망설이다가 슬슬 뒤따랐다. 가까이서 보니 웅장하진 않았지만 세찬 물살이 바위 턱에 부딪혀 사방으로 무섭게 물보라를 튀겼다. 개호주 놈은 모험을 즐기는 아이처럼 슬금슬금 다가갔다. 하반신이 물에 잠기는데도 개의치 않았다. 허연 폭포수가 침범자를 때려잡듯 녀석의 정수리를 퍽퍽 내려쳤다. 문득 녀석의 모습이 보이지 않았다. 물속에 주저앉았나 싶어 살폈으나 흔적도 없었다.

"야, 어디 있어?"

잠시 후 녀석의 모습은 안 보이는 채 목소리만 들려왔다.

"떠들지 말고, 남한테 들키기 전에 어서 이리로 와."

청운은 소리 나는 쪽으로 다가갔다. 주렴처럼 떨어지는 폭포수 안쪽 암벽에 움푹 파인 곳이 있었다. 거기서도 물이 흘러나오는 듯이 보였으나, 실은 떨어지던 폭포수 일부가 약간 튀어나온 바위 턱에 부딪혀 안쪽으로 살짝 휘어져 들었다가 흐르는 것일 뿐이었다.

굴 입구는 좁았으나 안으로 들어갈수록 조금 넓어졌다. 하지만 두어 발짝이 끝이었다. 그 뒤는 막혀 있었다. 청운은 일단 울퉁불퉁한 바위 벽에 등을 기대어 앉았다. 좁아서 드러누울 순 없을 듯싶었다.

"어때? 아방궁 같지 않냐? 딴 놈들은 지금 한창 비트 파느라고 고생일 텐데 말이야."

개호주가 배낭을 벗어 지퍼를 열며 말했다.

"괜찮을까? 이미 조교들이 알고 있는 곳일 수도……."

청운이 조심스레 대꾸했다.

"나도 이미 검토해 봤지만 아닌 것 같아."

"어째서?"

"폭포 앞 입구에 거미줄이 쳐져 있는 것도 좀 이상스럽다면 이상한 노릇이지만, 더 야릇한 건……."

"뭔데?"

"해골과 뼈가 있어."

"뭐?"

"누군지 모르지만 한 구의 시신이 여기 기대앉은 채 서서히 유골이 된 것 같아. 유골이 단정한 것으로 보아 타살이기보단 자살이 아닌가 싶어. 암튼 비밀굴인 것 같아."

"그걸 어찌 알아?"

"짜식, 교육 훈련 시간에 쿨쿨 잤나 보군. 추리를 해 봐. 만약 누가 발견했다면 치워 버리든지 묻어 주지 오랫동안 이렇게 그냥 뒀겠어?"

청운은 라이터를 켜서 비춰 보았다. 구석에서 허연 해골이 검은 눈구멍으로 우는 듯 웃는 듯 무서운 표정을 지으며 마주 보았다.

"대체 누굴까?"

청운은 놀라움을 누르고 물었다. 개호주가 말했다.

"내가 지하 골방에서 사법고시 공부를 할 때 사실 지겨워서 이른바 불온서적이란 것도 좀 봤는데 말이야. 커다란 동굴이나 구덩이 속에 암장된 유골들이 홍수가 날 때 드러나기도 한다는데, 그게 다 6·25전쟁 때 대한민국 국군과 경찰한테 총 맞아 죽은 죄 없는 국민이란 거야. 북한 공산당에 협조한 빨갱이라면서 죽였어. 그런데 사실은 가난한 농민들이 대부분이었대. 공무원들이 나서서 좌익 전향자를 계몽하는 국민보도연맹이란 곳에 가입하면 보리쌀, 비료, 고무신 따위를 준다고 꼬이기도 하고 강압적으로 눈을 부라리며 도장을 찍게 하기도 했다더군. 할당량을 채우면 표창장도 주고 승진도 시켜 주니까 마구 설친 거지. 농부들이야 혹시 무슨 손해를 볼까 두려워서라도 가입을 했겠지. 그러고 나서 가입한 사람들을 빨갱이라고 하면서 죽인 거야. 그때 이미 진짜 빨갱이나 부역자들은 다 도망쳐 버리고 정부에 충성하는 양민들만 남았는데도 그런 악당 짓을 한 거야. 국가의 이름으로 수십만 국민을 마치 개미나 파리처럼 쏴 죽여서 한꺼번에 구덩이 속에 파묻어 버렸다니 믿을 수가 있어?"

"무서운 일이야. 저 해골도 그런 학살을 피해 숨어 있다가 미쳐 죽은 사람이 아닐까?"

"모를 일이지."

"야, 으스스한데 여기 있어도 괜찮을까?"

"운명에 맡기고 일단 있어 보자구."

그리하여 아방궁이 아닌 좁은 암굴 속에서의 잠적 생활이 시작되었다.

"그나저나 아랫도리가 다 젖어 으스스하군. 불을 피울 수도 없고……."

"너처럼 꺼벙한 놈이 이 험한 세상을 어찌 살아왔냐? 어서 나처럼 바지와 신발을 벗어 말려라."

청운은 훈련화만 벗었다.

"바지는 왜 안 벗냐? 니가 만일 여자였다면 여기가 바로 화촉동방(華燭洞房)이 되는 건데 말이야."

"짜식이 헛소리는……."

청운은 눈을 흘겼다.

"아, 여기서 어찌 사흘을 견디냐? 아무튼 조교 놈들이 나타나기 전에 한 대 피워 보자구."

개호주는 주머니에서 담뱃갑을 꺼내 한 개비 입으로 뽑아 물고 불을 붙였다. 하얀 종이로 포장되어 담배 이름도 그림도 없는 그 '백담배'엔

성욕 억제 성분이 포함돼 있다는 얘기도 떠돌았다. 청운은 자신이 직접 만든 솔잎 담배를 조심스레 꺼내 피웠다. 마른 솔잎을 가지런히 모아 종이에 만 그것은 강렬한 중독성은 없지만 담백하고 향긋한 매력이 있었다. 또한 연기가 나지 않아 추적자들에게 발견될 위험도 적었다.

"아따, 무슨 맛에 그걸 빨고 앉았냐, 응? 신선이 되어 우화등선이라도 할랑가 보네. 야, 이 담배에 성욕 억제약이 들어 있다면 또 어떠냐. 어차피 쓸 수도 없는 성욕인데 말이야."

"꼭 그것 때문은 아냐."

"그럼 뭔데?"

"그냥 왠지 싫어서……."

"짜식, 괴팍스럽긴. 그런데 무슨 가랑잎이나 마른 잔디 따위를 담배 대용으로 말아 피운다는 소린 들었지만 솔가리는 좀 생소한걸."

"옛날에 지리산 빨치산들이 피운 담배라는 얘길 들은 적이 있어서 한번 만들어 봤지."

"그건 또 어디서 누구한테 들었노?"

"선감도라는 곳에서."

"너도 선감도에 있었었구나. 지독한 곳이라고 하던데 그곳 출신으로 꽤 재미있는 놈을 하나 알고 있지."

"스라소니?"

"그놈이야 음흉하지 재미있다고 할 수 냐."

"그럼 누구?"

"잠깐, 조용히 해 봐. 조교 놈들이 슬슬 사냥을 시작하는가 본데."

멀찍이서 낙엽 밟는 소리가 들려왔다. 그리고 폭포수 소리 때문에 흐릿하긴 했지만 두런두런 말소리도 났다.

"이 자식들이 두더지 새끼처럼 제법 감쪽같이 숨긴 숨었군. 허지만 부처님 손바닥 안이지 뭐."

"저쪽이 좀 이상하니까 한번 찔러 봐. 좀 더 세게 쿡! 내가 경험상 보니깐 슬쩍 찌르면 놈들은 피를 흘리면서도 꾹 참아 내더라니까."

"한 마리당 몇 만원씩 상금이 있으니 몇 마리 잡아 보자구."

비트 잠적은 공작원들이 북한 지역에 침투했을 때 목숨을 최대한 유지해 나가기 위한 은신술이었다. 하나의 공작을 완수하기 위해서는 현장 상황에 따라 하루가 걸릴 수도 있으나 사흘 이상 한 달을 넘길 경우도 있다. 만약 북한군에 발각돼 포위당하는 시점엔 두더지처럼 땅으로 들어가 무한정 버텨 내야 하기에 가장 힘든 훈련이기도 했다. 야전삽으로 최단 시간에 항아리 모양의 땅굴을 파고 그 위에 솔가지 따위를 얼기설기 걸친 다음 낙엽을 덮어 위장한 뒤 그 무덤 같은 곳에 웅크려, 비가 오나 눈이 오나 판초 우의 하나로 견뎌 내야 한다. 만약 재수 옴 붙어 저승사자 같은 검은 모자 조교들에게 발각되면 곧바로 지옥행이었다.

"야, 저놈들 딴 데로 가나 보다."

개호주가 소곤거렸다.

"아냐, 저건 낙엽이 아니라 물을 찰박찰박 밟는 소리 같은데……."

"그건 네 마음이 너무 예민해졌기 때문일 거야."

"정말 다가오는데……."

청운은 귀를 곤두세웠다.

"그게 환청이란 거야. 내가 전에 개 짖는 소리를 못 참아서 잡아먹어 버렸지만 너무 싫어서 증오하다 못해 개소리에 공포감을 갖게 되니까. 나중엔 창문 여닫는 소리뿐만 아니라 간혹 내 자신의 숨소리까지도 무심결에 그놈의 개소리처럼 들려 화들짝 놀라곤 했었지. 그뿐인 줄 아냐. 나중엔 사람의 얼굴마저 서서히 길쭉해져 개와 같은 모습으로 변하더라니까."

청운은 가능하면 텅 빈 마음으로 선입견 없이 들어 보려고 했다. 하지만 이미 잡념에 사로잡힌 마음은 쉽사리 안정되지 않았다.

"조교 놈들이 다시 이쪽으로 내려오진 않겠지. 벌써 9시가 넘었네. 긴장이 풀리니 슬슬 배가 고프군. 야, 일단 뭘 좀 씹고 보자구."

"그럴까."

둘은 배낭을 열어 건빵과 미숫가루를 꺼냈다. 군용 그릇에다 폭포수를 받아 미숫가루를 탄 후 건빵 몇 개를 띄워 슬슬 불려 가며 어둠 속에서 먹었다. 플래시라도 켜면 좀 아늑해지겠지만 비상시를 위해 최대한 아껴 두어야 했다.

"너 아까 선감도 출신의 재미있는 사람을 안다고 했잖아. 어떻게 만났어?"

청운이 생각난 듯 물었다.

"흐흥, 내가 여기 오기 전에 청량리 풍전 나이트클럽에 좀 있었거든. 거기 밤무대에 인기 가수나 코미디언들이 많이 출연했었지. 나훈아와 남진을 비롯해 이미자와 김추자 그리고 배삼룡과 서영춘 등 기라성 같은 연예인들을 바로 옆에서 볼 수 있었어. 흠, 그때가 그립기도 하군."

녀석은 추억에 젖어 낭만적인 곡조를 콧소리로 흥얼거렸다.

"그런데 왜 나왔어?"

"흥, 아까 말한 선감도 어릿광대 때문이었지."

"어릿광대라구?"

"응, 앞니 빠진 어릿광대 녀석이었지. 그런데 너 왜 갑자기 긴장하냐?"

"아냐, 그냥 혹시 아는 사람인가 싶어서…… 나이는 몇 살쯤 됐었지?"

"나보다 한 살 많다고 해서 그냥 뭐 맞먹었는데, 겉보기엔 스무 살도 더 먹은 것처럼 늙어 보이더라."

"혹시 이름이 김순식 아니었어?"

"그건 모르지. 그런 데서 본명을 잘 밝히진 않거든. 우린 그냥 엿장수라고 불렀어."

"엿장수?"

"응, 걔가 홀의 허드렛일을 도맡아 하는 시다바리였는데, 꿈이 채플린 같은 위대한 희극 배우라 손님이 뜸한 막간에 잠시 등장해 엿장수

소년 비밀요원과 공동경비구역

흉내를 냈었거든. 조선의 채플린 같은 존재가 되겠다나, 허허."

청운은 애써 흥분을 가라앉히는 표정이었다. 그 엿장수가 바로 선감도에서 함께 사선을 넘어 탈출하던 삐에로 형이라는 걸 확신하게 되었기 때문일까.

"그 어릿광대 쇼가 재미는 좀 있었어?"

"글쎄, 뭐랄까…… 나이트 홀 무대라는 게 아기자기하게 가다가도 좀 팡팡 튀는 게 있어야 하는데 녀석이 너무 순해서 클라이맥스로 끌고 올라가 빵 터트려 주는 힘이 부족했지. 그러니 밑바닥을 기는 수밖에. 그러거나 말거나 녀석은 늘 히죽히죽 잘 웃었어. 선감도에서 바다를 건너 탈출하다가 빠져 죽을 뻔했는데, 파도에 쓸려 되돌아갔다가 다음 기회에 다시 헤엄쳐서 기어코 빠져나왔다더군. 자기는 두 번 살게 된 셈이니 아무 욕심 없이 흘러가는 대로 맡긴다며 히죽 웃더만."

청운은 생각에 잠겨 들어 있다가 물었다.

"그런데 그 엿장수 때문에 왜?"

"아따 그 자식, 무슨 첩보대 수사관이라도 된 듯이 꼬치꼬치 물어 쌌네. 홀 사장의 사돈의 팔촌이라는 악당 놈이 자꾸 괴롭히는데도 엿장수 녀석은 예수님이나 부처님처럼 허허 웃으며 마냥 참기만 하는 거야. 그래서 내가 대신 악당 놈을 반쯤 죽여 놓고 나와 버린 셈이지. 아따, 이제 그만 피곤하니 눈 좀 붙이고 보자구."

개호주는 벽에 기댄 채 판초 우의를 꺼내 두르고는 코를 골며 잠들었다.

2.

개호주, 썰을 풀다

청운은 쓸쓸한 소쩍새 소리를 들으며 폭포수를 바라보고 있었다. 어디엔가 살아 있을 삐에로 형과 청초한 박꽃 누나를 생각하다가 어느 결인지 잠이 들었다.

분홍색 조명이 비치고 있었다. 은빛 쇠창살로 막힌 두 곳의 마주 보는 공간에 수백 마리의 소와 돼지 떼가 갇혀 '움메움메', '꿀꿀꿀꿀' 울어 댔다. 쇠살문이 스르르 열리자 동물들은 제 앞에 가설된 좁은 통로를 따라 한 마리씩 차례로 걸어 나갔다. 통로는 컨베이어 시스템이 되어 그들을 목적지까지 옮겨 갔다. 조명이 강렬해지고 은빛 금속 장비들이 여기저기서 빛을 반사했다. 군데군데 사람이

서 있었으나 마스크와 흰 비닐 옷으로 무장해 로봇처럼 보였다. 소와 돼지는 각각 따로 설비된 장치를 향해 다가갔다.

맨 앞의 소가 사각형 통 속으로 들어서는 순간 통의 양옆에서 반원형의 쇠살이 나와 등을 씌웠다. 동시에 위쪽에서는 굵은 벨트가 목을 감아 바싹 쳐들었다. 바로 앞엔 수평으로 설치된 예리한 톱니바퀴가 이빨만 살짝 드러낸 채 윙윙 돌고 있었다. 목이 도살기에 고정되는 순간 톱니바퀴는 맹렬히 회전하며 돌아 나와 단숨에 목을 끊어 놓고 재빨리 기어들었다. 소의 몸통은 컨베이어에 실린 채 피를 솟구쳐 올리며 다음 작업대로 가고 머리는 공중에 매달려 어둑한 곳으로 사라졌다. 돼지의 경우는 목이 단두대에 고정되면 위쪽에서 톱니바퀴가 내려와 그대로 절단해 분리했다. 뒤에 줄지어 선 짐승들은 발버둥을 쳤으나 눈알이 붉어진 채 순서대로 목이 잘려갔다. 짐승의 눈물이 방울방울 떨어졌다. 바라보고 있는 사이에 소와 돼지의 머리가 사람의 얼굴로 변했다.

비명이 귀를 찌르는 순간 청운은 꿈에서 깨어났다. 왜 그런 무서운 꿈을 꾸었을까? 해골이 바로 옆에서 지켜보기 때문인지도 모르고, 양민 학살에 대한 개호주의 얘기를 들었기 때문인지도 몰랐다. 녀석은 입을 쩝쩝 다시며 코를 골다가 멈추곤 했다. 어둠이 채 가시지 않은 새벽녘에 두 사람은 교대로 굴속에서 살그머니 나가 용변을 보았다. 오랫동안 웅크려 있던 육체를 펴 잠시나마 움직이고 나니 또 배가 고파 비상식량을 생각보다 많이 소비했다. 둘은 의논한 끝에 해골은 이장하지 않고 그대로 두기로 했다. 아침 빛이 살짝 비쳐 든 상태에서 다시 보니 무섭기보다는 왠지 안쓰러웠기 때문이었다.

"야, 땅속에 파 만든 비트보다 좀 서늘하긴 했지만 편리한 점도 많은데 어떡할까? 딴 데로 나가 굴을 팔까?"

개호주가 물었다.

"글쎄……."

"하긴 뭐 지금 나서기도 부질없지. 사흘 동안 여기서 견뎌 보는 것도 나중엔 특별한 추억이 되지 않을까 싶기도 하잖아?"

"일단 그러자구."

개호주는 백담배 한 개비를 꺼내 물었다.

"원래 원효대사님께서 산속에 버려진 불쌍한 해골을 베고 주무시다가 목이 말라 골속에 괸 물을 마시고 홀연 도통했듯이 우리도 한 도통할지도 모르잖아, 응? 난 사실 평범하게 살긴 싫고, 그렇다고 특출하게 살 만한 재주도 없어서 여기까지 왔는데. 어쩌면 속은 건지도 몰라. 물색관 놈들이 먼저 속이고 꾄 것도 사실이지만, 나 자신이 이미 속을 준비가 돼 있었는지도……."

그는 말끝에 쓰디쓰게 웃었다.

"혹시 우리 모두가 그런 생각으로 살고 있는 게 아닐까?"

청운이 폭포수를 바라보며 대꾸했다.

"야, 사실상 오늘부터 잠복 훈련이 개시된다고 봐야겠지. 조교 애들도 어젯밤엔 슬쩍 한번 훑어보고 지나가지 않았을까 싶어. 이제부터 굴속에서 사흘 동안이나 어찌 지내야 할지 걱정이네."

"난 방금 방향을 잡았어."

"뭔데?"

"단군신화에 나오는 곰처럼 살아 보기로."

"미친 놈! 하하, 그럼 나더러 호랭이 역을 맡으라구? 성공의 호랭이 도 아니고 끝내 실패하는 그런 캐릭터를……."

"그 호랑이는 마지막 한 순간을 못 견뎌 낸 게 아니라, 거기 더 있다 가는 앞으로도 계속 그런 터널 같은 게 자기를 가두리라는 걸 갑자기 깨달은 게 아닐까? 그게 호랑이답잖아."

"짜식, 꺼벙한 놈이 꿈보다 해몽이 좋군. 그럼 넌 왜 곰탱이가 되려 는데?"

"기다려야 하니까."

"뭘?"

"내가 나서서 찾을 수 없는 것들이지."

"아이구, 골치 아퍼. 일단 중지하고 아침 배나 채우자."

둘은 배낭에서 일 순위로 필요한 물품들을 꺼내 정리해 두곤 공동으 로 사용하기로 합의했다. 그래 봤자 별 대단한 것도 없었지만, 마음의 교류로만 보면 형제와도 같은 기분을 느낄 수가 있었다. 어쨌거나 물 질적인 이해관계를 벗어난 청춘의 마음이었기에, 연인보다 더 진실한 동지애를 겉멋으로나마 느끼기도 했다. 어제 먼저 먹으려다가 곱게 모셔 두었던 주먹밥은 잔뜩 굳어 버려서 차라리 지난밤에 먹었으면 좋았을 걸 하고 후회했다.

"다른 놈들은 어떡하고 있을까?"

"조교가 가르친 대로 으슥한 곳에 구덩이를 파고 위에는 나뭇가지를 덮어 위장한 채 웅크려 있지 않을까. 온몸에 쥐가 나고 냉기에 굳어 무척 고날플 거야. 지네나 불개미가 옷 속으로 침투했다고 생각해 봐. 근지럽고 따가워도 소릴 지를 수도 없고. 마치 남북의 공작원들이 휴전선을 넘나들듯 개미 새끼들이 팬티 고무줄 위쪽으로 아래쪽으로 종횡무진 기어 다니며 지랄을 치면 미칠 지경일 거야."

"비유가 꽤 그럴듯하군."

"이건 비교가 아니라 사실일 수도 있어. 우리나라의 지도 모양은 호랑이도 토끼도 아니고 바로 사람의 몸이야. 손을 쳐들고 절규하는 모습이라구."

"그럴까?"

"그러니 우리도 이 고생을 하는 게 아니겠냐? 땅을 파낸 흙은 배낭에 담아 먼 골짝으로 던져 버려야 할 텐데 흘린 흙을 처리하는 것도 더 골치일 거야. 대충 놔뒀다간 조교 놈들이 회심의 미소를 지으며 접근해 대창을 찌를 테고 말이야. 그런 지옥에 비하면 여긴 그래도 천당일 수가 있으니 나한테 감사하라구."

"차라리 땅 구덩이 속이 더 편할 것 같아."

청운이 대꾸했다.

"웃기는 소리 작작해."

"슬쩍 도망친 듯해서 마음이 쫌 불편하달까. 적극적으로 어떤 목표를 이루기 위해 은신한 게 아니라 수동적으로 도피한 듯한⋯⋯."

"니가 정말 평범하다면 남 걱정 하지 말고 여기서 살아 내려갈 생각이나 해."

개호주가 핀잔을 주었다.

북파 공작에서 비트 잠적은 아주 중요했다. 북한 지역으로 잠입해 곧장 임무 수행지로 이동할 수 있으면 천만다행이겠지만, 상황이 그렇지 못할 경우엔 땅강아지처럼 잠적한 채 적절한 순간까지 기다려야만 한다. 목표지점이 훤히 내려다보이는 데로 접근했을지라도 예상치 않은 변수는 많으므로 굴을 파고 견뎌야 하는 것이다. 한두 시간이면 모르되 하루 이틀 사흘을 넘길 경우엔 초인적인 극기가 필요하게 된다. 일단 북파되면 십중팔구는 사살당하거나 체포돼 귀환하지 못하는 게 현실이었지만, 10퍼센트도 안 되는 생존 확률을 위해 미리 목숨을 걸고 실제 상황과 같은 훈련을 벌이는 것이었다.

간혹 멀리서 희미한 소리가 메아리를 울리며 들려오기도 했다. 하지만 그게 조교의 대창에 찔린 훈련병의 비명인지 혹은 훈련병이 먹이로 잡은 짐승을 찔러 죽이는 소리인지 잘 분간되지 않았다. 둘은 배 속에서 꼬르록 소리가 몇 번이나 날 때까지 기다리다가 점심을 대충 먹곤 조심스레 담배 한 대씩 피웠다. 연기를 다 삼켜 소화시켜 버리는 완전 흡연법으로.

"아, 저 폭포는 만고강산을 흘러왔다가 앞으로도 몇 천 년 금수강산을 흘러가련만……. 이 내 청춘은 한 방울 물보다 허무하게 사라지고 말겠구나!"

개호주 녀석이 영탄조로 지껄였다. 그러더니 구석의 해골 쪽으로 돌아앉아서 중얼중얼 뇌까렸다.

"선배님, 인생이란 대체 무엇입니까? 어떤 자는 신이 내려 준 운명이라 하고, 어떤 자는 자기가 개척하는 대로 이뤄지는 것이라 합디다. 하지만 이 땅에서만은 신이 내려 준 것도 아니고, 인간 스스로 개척할 수 있는 것도 아닌 듯합디다. 권력을 잡은 인간이 인신(人神)이 되어 세상사와 인간사를 저들 꼴리는 대로 좌지우지하는 것 같습니다. 이런 사악한 꼴을 신은 왜 바라보고만 있을까요?"

청운은 배낭 밑바닥에 숨겨 두었던 잡지 ≪청춘 아리랑≫을 꺼내 표지 속의 남녀 배우를 바라보았다. 신성일과 남정임이 수영복 차림으로 마주 보며 강렬한 눈빛을 교환하고 있었다. 하지만 그들의 웃음이나 생동하던 육신은 수많은 손때로 인해 칙칙해져 버린 상태였다.

내무반엔 원래 책이 없었다. 육체를 단련하기에도 바쁜데 마음의 양식이 무슨 필요가 있냐고 생각하는지도 몰랐다. 그런데도 《선데이 서울》 같은 대중 잡지나 성인용 만화책은 이 구석 저 구석에 짱 박힌 채 은근히 묵인되고 있었다. 훈련병 중 누군가 숨겨서 밀반입했다고 보기엔 무리였다. 최신호는 아니었지만 여섯 달 이상 묵은 건 아니었기 때문이었다. 조교들이 보고 버린 걸 누군가 주워 챙겼거나, 혹은 최소한의 오락용으로 은근슬쩍 윗선에서 내버려 둔 것인지도 몰랐다.

　욕구 불만에 가득 찬 사춘기의 훈련생들은 예쁜 여배우의 알몸이 실린 화보나 애절한 다방 레지나 웨이트리스의 사랑 이야기를 보면서 쌓인 욕망을 풀기도 했다. 특히 성인 만화책은 청소년들에게 음침한 애욕의 세계를 한층 과장하거나 왜곡해서 보여 주었다. '김일성의 아방궁', '기쁨조 25시' 같은 자극적인 제목을 단 그 책을 펼치면 어여쁜 팔등신 미녀들이 등장해, 잡지 화보의 여배우들은 검열 때문에 더 보여 줄 수 없는 은밀한 부위까지 대담하게 슬쩍 드러내 침을 삼키게 했다. 그 풍만하고 부드러운 몸매는 현실의 여자나 여배우들보다 훨씬 리얼하고 매혹적이었다.

　그런 여신들을 은밀한 아방궁 속에 제 맘대로 불러 놓고 김일성과 그 측근들이 벌이는 환락 파티는 훈련병들의 질투심을 자극했을 뿐더러 맹렬한 증오감마저 불러일으켰다. 누군지 모르지만 애초에 계획적으로 그런 것이라면 그 목적은 충분히 달성했다고 볼 수도 있었다.

　하지만 그 당시 대한민국의 대통령 각하도 아방궁 같은 비밀 안전가옥에 중앙정보부 소속 엽색관을 통해 불러 모은 인기 여배우나 여대생들과 함께 양주를 마시며 환락 잔치를 벌인다는 유언비어가 떠돌았다.

　청운은 잡지책을 슬슬 넘겼다. 그건 대중 잡지이면서도 육체의 말초신경만을 자극하지 않고 유머와 낭만성이 조금쯤 있는 성싶었다. 문득 한 페이지에 청운의 눈길이 머물렀다. 'Spy vs Spy'라는 제목이 붙은 세 장면짜리 만화였다. 첫 장면엔 검은 옷차림의 스파이가 등장해 음흉한 미소를 지으며 모종의 공작을 준비한다. 그의 대가리는 마치 쥐처럼 뾰족한 직삼각형으로 단순화되어 있다. 다음 장면에서 그 스파이는 적인 하얀 양복 차림 스파이에게 모종의 공격이나 첩보 공작을 감행한 뒤 치명적인 타격을 입혔다고 생각하고 빙긋 웃는다. 하지만 하얀색 스파이는 순식간에 상대의 공격을 받아쳐 반전시키며 마치 적의 거울 속 모방범처럼 웃고 있다.

쥐의 머리를 도형화한 것 같은 예각삼각형에 몸통은 직사각형으로 단순화되었는데 몸 전체의 색깔만 흑백으로 다를 뿐 똑같은 쌍둥이 꼴이다. 대화는 전혀 없고 표정과 몸짓으로만 표현되는 팬터마임 같았다. 처음엔 하얀 스파이가 곤경에 처하지만 돌연 반전을 일으켜 결국엔 검은 스파이를 이겨 버린다. 청운은 선감학원에 있을 때도 그 만화를 몇 번 본 적이 있었다. 그땐 잘 몰랐지만 이제 다시 보니 하얀 놈은 미국, 검은 놈은 소련을 상징하는 것 같았다. 그저 재미로 봤었는데 지금은 심정이 그다지 편하지가 않았다.

'우린 여기서 나라를 위해 싸운다며 이 고생을 하고 있지만, 남들이 볼 때는 저 괴상망측한 스파이들처럼…… 인간이 아닌 괴물처럼 느껴지는 게 아닐까?'

청운은 시름에 겨워 한숨을 내쉬었다. 개호주가 불쑥 말했다.

"좀 답답하고 울적하지? 굴 밖에 나가서 돌아다니며 사냥이나 할까? 남은 비상식량이랬자 겨우 오늘 밤 먹을 미숫가루 반 봉지밖에 없는데 말이야. 아까 보니까 바윗돌 밑에 가재가 몇 마리 숨어 있더라만

소년 비밀요원과 공동경비구역

그건 최후의 순간을 위해 남겨 두자구."

"한낮에 위험하지 않을까?"

"어차피 저 밑 세상이나 여기 굴속이나 이판사판이지 뭐. 짱 박혀 있다고 위험이 사라지는 것도 아니니까. 일단 여기서 벗어난 후엔 발각되지 않는 게 가장 좋겠지만, 만일 그런 경우라도 쫄지 말고 가능하면 재빠르게 멀리 도망쳐야 해."

"알았어. 너나 잘해. 도망치는 순간에도 조교를 향해 농담 지껄이지 말고 말이야."

"짜식이 형님을 놀리려구 드네. 야, 어서 나가기나 해. 좌우부터 잘 살피고……."

"응."

청운은 팔부터 먼저 굴 입구로 내민 후 바위벽에 돋은 아주 작은 모서리와 틈을 다 활용해 상체를 빼냈다. 세찬 폭포수가 등짝을 때렸다. 그는 재빨리 손바닥으로 물속의 바위를 짚곤 하체를 빼냄과 동시에 물구나무를 섰다가 곧바로 회전해 일어섰다. 굳이 그런 위험한 곡예를 벌이기보다 발부터 먼저 굴 밖으로 내놓고 서서히 나오면 될 텐데 왜 그럴까? 그건 청소년의 마음속에 깃든 과시욕이라기보다는, 그동안 워낙 위험스런 훈련을 일상적으로 받다 보니 그 정도는 너무나 평범하게 여겨졌기 때문이었다. 개호주는 도마뱀처럼 바위벽을 타고 곧장 기어 나와 이미 물 밖에 서 있었다.

둘은 물을 절벅거리며 길도 없는 산을 돌아 올랐다. 상체를 숙인 채 주위를 살펴보며 신속히 움직였다. 위험한 상태이긴 해도 자연 속으로 나오고 보니 좁은 굴에 갇혀 안전할 때보다 훨씬 살아 숨 쉬는 느낌이었다. 그런 짜부라 든 안전 따윈 허위로 여겨질 정도였다. 울창한 숲속을 지나 바위 턱에 기대어 바라보는 서산마루의 석양은 한낮의 찬란하던 빛을 감추고 마치 홍옥(紅玉)처럼 그윽한 모습이었다. 곧이어 점차 하늘을 물들인 노을은 그 석양의 예술품 같기도 했다.

하지만 두 훈련병은 그 장엄한 모습을 더 오래 바라보고 있을 수가 없었다. 어둠이 내리기 전에 먹이를 찾아야 하기 때문이었다. 하루치 식량이라곤 해도 실은 상부에서 정한 것일 뿐 한창때인 그들의 위장 속에선 대낮에 내린 눈처럼 돌아서면 곧 녹아 버렸다.

"밤나무 한 그루만 찾아도 완전 대박일 텐데."

개호주가 숲을 쳐다보며 말했다. 하지만 아무리 살펴도 탐스런 밤송이를 단 나무는 보이지 않았다. 개호주 녀석은 허리를 굽혀 도토리나마 부지런히 주워선 주머니에 넣었다. 녀석은 시시껄렁한 농담 따먹기나 할 때완 달리 상당히 현실적이고 실용적인 면모를 보여 주고 있었다. 송이버섯도 몇 개 발견해 캐고 산삼 비슷한 것도 한 뿌리 채집했다. 그에 비해 청운은 아직 아무것도 찾지 못한 채 마른 솔잎만 한 줌 주워 모았을 뿐이었다. 뭔가 찾으려고 할수록 점점 초조하고 빈궁한 마음으로 헤매는 데 비해, 개호주 놈은 또 무슨 대단한 걸 발견했는지 반쯤 흘러나오던 탄성을 곧 입속으로 삼켰다. 그리고는 속삭였다.

"야, 저것 좀 봐."

청운은 눈길을 돌렸다. 커다란 고목 둥치 아래에 알록달록한 뱀 두 마리가 엉겨 꿈틀거리고 있었다. 불그레한 혀를 날름거리며 서로의 입술을 핥아 주곤 했다. 바로 그 옆 작은 바위 턱엔 작은 풀꽃이 피어나 바람이 없는데도 이따금 흔들렸다. 개호주는 굵은 나뭇가지를 하나 꺾어 들더니 살금살금 사랑에 겨운 놈들에게로 다가갔다.

"야, 그냥 놔두고 가면 안 될까?"

청운이 물었다. 개호주는 군말 없이 머리를 단호히 흔들었다. 그는 참나무 가지로 일단 뱀들의 목을 제압한 후 한 마리의 대가리를 꽉 밟은 채 다른 한 마리의 대가리를 집어 들었다. 그러고는 멱을 딴 뒤 껍질을 쫙 벗겨 내렸다. 뱀은 졸지에 연인과의 사랑도 내장마저도 제거된 채 꿈틀거렸다. 그것은 다시 몇 토막으로 잘려 사물이 되었다. 산골의 해는 짧아 어스름이 내리자 곧 어둠이 밀려왔다. 두 사람은 발길을 돌려 아지트로 향했다.

"야, 내가 얘기 하나 해 줄까?"

침묵을 깨고 개호주가 말을 꺼냈다.

"응."

청운은 생각에 잠긴 채 대꾸했다.

"군바리들이 5·16혁명이란 걸 일으킨 후였대. 국가재건최고회의에서는 사회정화 차원에서 깡패나 불량배들을 모조리 잡아들였지. 이정재 등 거물급 정치 깡패들은 처형해 버리고, 뒷골목의 조무래기들은 국토건설단이란 근로 봉사대로 편성해 강원도와 제주도 등지의 건설

현장에 투입됐어. 흠, 제주도로 간 패는 5·16도로라는 걸 만드는 데로 갔고……."

개호주는 잠깐 주위를 둘러보았다. 청운도 함께 살펴보면서 속으로 생각했다.

'혹시 그 이상스런 사람과 내가 함께 걸었던 그 해안도로가 아닐까? 그 사람이 얼핏 그런 말을 했던 것 같기도 해. 하지만 내가 그런 사실을 몰랐기에 그의 더듬거리던 말을 잘 이해하지 못했었지.'

산속에 별다른 낌새가 없자 개호주는 말을 이었다.

"강원도 패거리는 설악산의 경사가 별로 심하지 않은 지역을 개간해 농사를 지을 만한 화전(火田)으로 만드는 작업을 했대. 제주도 패거리와 달리 설악산 패거리는 비교적 온건해 뵈는 건달들이었대. 그들의 작업장은 애당초 하나의 재건 마을을 건설하려는 청사진 아래 계획되었다더군."

"뭐?"

"군사정부는 구악을 쳐부수고 새 나라를 건설한다는 구호를 국민들에게 선전할 필요가 있었겠지. 아마 뭐 깜짝 뉴스로 이용할 가치를 찾아봤을 거 아냐."

청운은 선감도에서 겪었던 일들이 생각나 부르르 떨었다.

"문제는 재건 마을은 완성돼 가는데, 그 속에서 살 가족이 없는 거야. 그래서 정부는 구색을 맞추느라 억지스러운 계획을 짰대나 뭐래나. 뭔지 궁금하지?"

"그래서?"

"비교적 얌전한 성싶은 깡패나 건달은 신랑으로 삼고, 청량리 오팔팔 등 무허가 사창가에서 절망적인 삶을 이어 가던 창녀들을 끌고 와서 신부로 삼아 합동 혼례식을 올려 주었대. 신혼방과 살림살이까지 마련해 주곤, 농사지으며 알콩달콩 살아 보라고 권한 거지. 만일 행패를 부리거나 도망치다 잡힐 경우 교도소로 곧장 보내 버린다는 엄포를 놓았대."

"허 참……."

"그런데 출발은 거창했지만, 언론이 나서서 나팔 불며 선전하듯 그렇게 오순도순하진 않았던가 봐. 얼마 못 가 도루묵이 되었다더군. 우선 신랑이란 자들이 일을 지긋이 해 나가려 하질 않았대. 깡패 노릇으로 금전을 챙기고 유흥가의 하루살이 향락이 몸에 밴 건달 녀석들이 온종일 땡볕 아래서 농사를 짓는다는 건 부처가 되기보다 더 힘들었겠지. 그리고 신부 노릇을 하는 창녀들 또한 그건 선녀가 되어 하늘로 오르는 만큼 어려웠을 거야. 도시의 환락가에서 낮엔 늘어지게 자빠져 자다가 저녁녘에야 야한 화장을 하고 웃음을 팔던 날라리들이 얼마나 답답했을까."

청운은 대꾸 없이 어두운 산길을 밟아 내렸다. 개호주의 말소리가 좀 잦아들었다.

"산골의 저 뻐꾸기 소리는 고향 생각보다는 그곳을 벗어나 서울의 휘황한 밤거리로 날아가고픈 향수를 주지 않았을까? 지친 여자들은 시골 장날 반찬 사러 간다면서 줄행랑을 치거나, 술에 취해 잠든 신랑의 머리맡에 애정 어린 말과 함께 친정에 다녀온다는 편지를 남겨 놓고는 도망쳐 버렸던 거야. 건달들은 속으론 잘됐다고 쾌재를 부르면서도 짐짓 쓸쓸한 표정으로 위장한 채, 마누라 찾으러 간다고 파출소에 신고하고는 유유히 휘파람을 불며 그 산골 지옥을 떠나갔다더군. 아름다운 부활의 낙원을 목표로 시작됐던 재건 마을은 차츰 주민들이 빠져나가 버려 유령 마을로 변하고 말았다더구먼."

"전설 따라 삼천리 같아."

"전설이 아니라 현실이야. 바로 그 유령촌에 설악개발단이라는 최대의 HID 비밀 훈련소가 들어선 것이지. 저 멀리 보이는 산봉우리 너머 외설악 쪽에 있다나 봐."

"넌 그걸 어떻게 알았어?"

"아는 형한테 들었지 뭐."

"거기가 비밀 본부라는 거야?"

"그렇지 않을까 싶어."

"그럼, 우린 뭐지?"

"아마 지대가 아닐까 싶은데. 나도 잘 모르겠어."

"그곳에 한번 가 보고 싶군."

"발 앞이나 제대로 봐. 벼랑에서 떨어지면 새는 날아오르지만 인간은 죽어."

무슨 대꾸를 하려던 순간 청운은 돌 모서리를 밟아 발목이 휘뚝 꺾이면서 외마디 비명을 내다가 꾹 삼켰다.

3.
비밀요원, 거미줄에 걸린 하루살이 인생

사흘째 되던 날은 이른 새벽부터 부슬비가 내렸다.

폭포 소리 사이로 귀를 기울이면, 나뭇잎에 후드득거리는 빗소리와 낙엽을 적시며 떨어지는 빗방울 소리가 들려왔다. 깃털이 젖었을 산새 들이 선잠에서 깬 듯 지저귀는 소리가 애처로웠다.

'내 신세도 처량하지만 둥지마저 젖었을 쟤들은 얼마나 스산한 기분 일까? 새들은 쟤들 나름대로 사람이 모르는 어떤 방법이 있겠지. 객관 적으로 보면 내가 더 서글픈 처지일지도 몰라.'

청운은 어스름 속에서 실소를 지었다. 그는 입구 쪽으로 옮겨 앉아 웅크린 채 손등에 턱을 얹고 바깥을 내다보았다. 빗발은 조금씩 더 굵 어지는 듯싶었다.

'한 송이 풀꽃이나 짐승이나 벌레는 순수하고 단순하니까 하느님이 보호해 주시기도 할 거야. 문제는 인간이지. 인간은 너무 많은 꿈과 욕망을 가진 데다가, 그걸 스스로 이루어 보겠다고 악을 쓰니 하늘은 그냥 두고 볼 수밖에 없지 않을까? 더구나 우린 오직 파괴만을 목적으로, 영혼은 짓밟아 버린 채 무정한 인간 병기로 조련하는 터에 어떻게 기도를 할 수 있겠는가? 그냥 당해 낼 수밖에. 죽음이 오면 죽을 수밖에는……'

청운은 한숨을 내쉬었다. 빗발은 더욱 굵게 쏟아져 내리며 물보라를 일으켰고 폭포 소리보다 더 거세게 계곡 수면을 두드렸다.

'다른 애들은 어찌하고 있을까? 비를 막을 것이라곤 판초 우의밖에 없을 텐데. 그래 봤자 비트 속에 빗물이 들어차면 소용도 없을걸.'

번개가 번쩍거리고 천둥이 산자락을 내리누르듯 울려 퍼졌다. 청운은 솔잎 담배를 한 개비 꺼내 피워 물었다.

'아, 남이 잘되면 어쩐지 배가 아프고 잘못되면 은근히 기쁜 게 사람의 마음이라지만……'

지금은 그렇지가 않았다. 염려가 되었다. 훈련병 한 사람에게 생기는 일은 모든 대원들에게 어떤 식으로든 영향을 준다는 사실을 그동안 절실히 체험했기 때문인지도 몰랐다.

"나든 너든 다 거미줄에 걸려 파닥거리는 하루살이 신세 같구나. 우린 왜 이런 신세로……"

청운은 중얼거리다가 말끝을 맺지 못하고 연기를 길게 뿜어냈다.

한밤중, 잠이 든 청운은 꿈을 꾸었다.

홀연 금빛 찬란한 군모와 군복 그리고 워커를 착용한 사람이 나타났다. 군모에 달린 큰 별에서도 휘황한 빛이 번쩍거렸다. 그의 입에서 목소리가 울려 나왔다.

"북파 공작원, 즉 비밀요원은 남북한의 분단과 그 비극을 함께한단다. 일본의 압제 아래 신음하던 한반도는 1945년에 일단 해방이 되었지만 참다운 하나의 나라를 세우진 못했다. 적을 스스로의 힘으로 물리치지 못하고 다른 강대국들의 힘을 빌려서 얻은 어설픈 해방이기 때문이었다. 결국 한반도의 남쪽엔 미국군이, 북쪽엔 소련군이 들어와 주둔하게 되었단다. 아직은 힘이 약하니 스스로 일어설 때까지 도와준다는 명분이었다.

하지만 한 나라가 다른 한 나라를 도우는 데에 공짜는 있을 수 없다. 자기네들에게 유리하게 이용하거나 좀 키워서 똘마니로 부려 먹거나, 원조해 주는 척 길을 들인 후 언젠가 적당한 시기가 오면 자기네의 군수품과 상품 따위를 팔아먹는 식민지 같은 시장으로 만들어 버리는 것이다.

한 민족의 핏줄을 받았으면서도 양분된 남한과 북한은 서로를 인정하지 않고 적대시하면서, 한쪽은 민족해방 통일을, 다른 한쪽은 멸공 통일을 내세워 사사건건 싸웠다. 그때부터 이른바 간첩, 무장공비, 스파이, 공작원 따위로 불리는 비밀스런 존재들이 상대 쪽에 침투해 암약을 벌이게 된 것이었다. 그러다가 마침내 6·25전쟁이 터졌다. 남한에선 '김일성이 소련을 등에 업고 쳐내려온 남침'이라 주장하고, 북한에선 '미국의 꼭두각시인 이승만이 쳐올라온 북침'이라고 주장하는 이 피비린내 나는 동족상잔은 결국 한반도 금수강산만 만신창이가 되고 순박한 백성만 지옥의 고통을 겪게 했을 뿐이었다. 미국과 소련에서 공수돼 온 어마어마한 양의 무기에 의해 정겹던 국토는 유린되고, 수 많은 군인과 양민이 죽거나 다쳤다.

그런 위기 속에 육군 소속 HID 등 육해공 3군 첩보부대 공작원들의 활약이 본격적으로 시작되었다. 특히 HID 요원들은 북한의 평양을 비롯해 여러 도시로 깊숙이 잠입해 들어가 주요 시설물 폭파, 요인 납치, 전략정보 수집 등 긴요한 임무를 수행해 정규군의 전진과 승리에 결정적인 기여를 했다. 적진에 침투해 작전을 펼치는 건 목숨을 걸어 놓고 해야 하는 일이었다. 수많은 요원들이 청춘의 꽃송이를 조국에 바친 채 이름 없이 스러져 갔다. 부유한 국가 권력층의 자녀들이 외국으로 도피해 쾌락을 향유할 때 민중의 아들딸들은 속절없고 비극적인 전쟁의 제물이 되었다.

그 당시 아홉 살에서 열다섯 살 정도의 어린 아이들도 정보국에서 나온 군인들의 달콤한 말에 속아 넘어가 검은 지프차를 타고 가서는 속성 훈련을 받곤 북으로 침투했다. 그들은 군사 시설의 사진을 찍고 위치를 그려 오거나 삐라와 유언비어를 퍼뜨려 불안감을 불러일으켰다. 또한 공산당사나 군부대 근처를 비렁뱅이처럼 어슬렁거리다가 당간부나 군관에게 훌쩍훌쩍 울며 접근해 독침을 찔러 살해하기도 했다. 그렇게 어린아이들을 이용한 건 전쟁고아처럼 가장하면 경계심을 사지 않아 목표물에 접근하기가 쉽기 때문이었다.

하지만 그런 수법이 계속 먹힐 리는 없었다. 경계심을 높인 정치보위부원이나 사회안전부원에게 체포된 어린 북파 공작원들은 엄한 조사와 고문을 받다가 숨이 끊어지거나 강제노동수용소에 갇혀 험한 일과 굶주림에 시달린 뒤 죽어 갔다. 그 먼 타향의 험지에서 어린아이들은 얼마나 두려움에 떨며 엄마를 불렀을까. 하지만 아무런 메아리도 없었다.

비참한 전쟁의 배후엔 이름도 군번도 없이 비정규군으로 활약한 또다른 부대가 있었다. 그것은 인천상륙작전을 성공으로 이끈 '팔미도 탈환작전'을 수행한 켈로KLO부대로서, 주한미군 첩보연락처로 알려진 미국 극동군사령부가 1949년 6월 조직한 북파 공작 첩보부대였다. 그들은 전쟁 중 북한군의 후방 침투와 방해 공작 등 비밀작전을 수행하며 무수히 많은 피의 희생을 치렀다.

1953년 7월 휴전협정 체결 후 유엔군이 주둔한 남한 측에서는 군인을 북파할 수가 없었다. 생포돼 취조받을 경우 협정 위반이 드러나기 때문이었다. 하지만 남과 북은 그 이후에도 물밑으로 게릴라전과 스파이 활동을 계속했다. 그래서 북파 공작원들은 군번도 계급도 없는 민간인 신분으로 사복이나 북한군복을 입고 위장한 채 침투했던 것이다.

그러던 중 1968년 1월, 북한 무장 공작원 서른한 명이 험한 산을 넘어 청와대 코앞까지 숨어들었다. 그들은 김일성 직속 인민무력부 산하의 124군 부대에 소속된 최정예 공작요원들이었다.

그들은 우리 군경과 치열한 교전 끝에 한 명만 살아남고 모두 사살되었다. 생포된 김신조는 미친 듯 외쳐 댔다.

'나는 위대한 수령님의 특명을 받들어 청와대를 폭파하고 대통령 박정희의 목을 따러 왔수다!'

그 많은 무장 공작조가 시골구석도 아닌 수도 서울의 청와대 앞까지 대체 어떻게 잠입할 수 있었을까? 김신조는 서부전선을 통과해 서울까지 들어오는 도중에 단 한 번의 불심검문도 받지 않았다고 털어놓았다. 한미 군사협정으로 철통같은 방위망을 구축해 국가 안보와 국민 안위에 최선을 다한다던 청와대와 국방부였다. 벌건 대낮에 수십 명의 무장 게릴라들이 제집 안방에 들어오듯 할 때 우리 국군과 경찰, 그리고 대한민국의 군사작전권을 쥐고 있는 미군은 대체 무엇을 했을까?

아무튼 박정희 대통령의 분노는 극에 달했다.

'북괴군 무장공비 놈들이 침투해 와 청와대를 폭파하고 내 목을 따려 했다구? 그놈들이 대체 제정신이야, 미치광이들이야! 흠, 한미동맹이니 혈맹이니 하지만 미국 애들도 자기 나라에 이익이 있을 때만 그런 소릴 할 뿐이니 믿을 게 없어. 미국 놈 믿지 말고 소련 놈한테 속지 말라는 얘기도 있잖아. 중국 놈들은 중간에 끼어들어 슬쩍 이익을 챙기지……. 흠, 이참에 우리도 핵을 만들어서 자주국방의 토대를 세우고 군사작전권을 우리 손으로 가져와야지, 이거야 답답해서 견디겠나.

하지만 먼저 평양의 주석궁을 폭파하고 김일성의 목에 칼날을 들이대 간담을 서늘케 해 줘야겠어. 신속히 준비해서 결행하도록!'

최고 권력자의 추상같은 한마디에 국가안보회의 석상에 둘러앉은 중앙정보부장 및 군 장성들은 즉시 대책을 논의했다. 그리하여 기존의 첩보부대들을 정비해 강화시켰을 뿐만 아니라 실미도 684 특수부대, 선갑도 특수대, 마니산 까치부대 등이 창설되었다.

육군 첩보부대 HID는 오래전부터 경기도 청계산 모처에 북파 공작원을 양성하는 비밀 훈련소를 운영하고 있었다. 그곳은 첩보부대 산하 각 지구대 훈련소에 비해 규모와 시설이 훨씬 나은 종합 훈련소였다. 원래는 촬영, 도청, 문서절취 등을 수행할 수집 공작원을 주로 양성하다가 김신조 일당 침투사건 후 긴급명령에 따라 요인 암살, 시설물 폭파, 게릴라전 등의 특공 훈련 중심으로 전환했다. 위장을 위해 정문에 걸어 놓은 간판에 대한축산연구소 또는 대성목장이라 씌어 있었다. 그래서 이곳 출신 공작원들을 목장 출신 돼지라고 부르기도 했다. 필요할 시엔 언제라도 간단히 잡아 사용할 수 있는 소모품 같은 존재랄까.

또한 당국은 남북한 군사 대결의 특성상 앞으로도 정예 공작원들이 지속적으로 양성돼야 한다는 구상 아래 강원도 외설악 지역 모처에 최대 규모의 비밀 훈련소 '설악개발단'을 개설했다. 이곳엔 물색조의 포섭에 의해 들어온 일명 '도깨비' 부대원들과 논산 훈련소에서 정규 모병한 '딱벌' 부대원들이 함께 입대해 각각 훈련을 받았다. 소수 팀으로 이뤄져 안전가옥에 수용되었던 청계산과 달리 설악산에서는 지대로

소년 비밀요원과 공동경비구역

편성한 다수 병력을 내무반에 수용한 채 엄격한 규율 밑에 집단 지옥 훈련을 일상화했다.

그만큼 냉전체제 하에서 남한과 북한은 군사분계선을 사이에 두고 치열한 무장 게릴라전을 벌인 것이다. 실제로 남북한은 그 무렵인 1967~1968년 동안 서로 가장 많은 공작원을 침투시켜 동족 청년들끼리 죽고 죽이는 피의 보복전을 펼쳤다. 한쪽에서 공격하면 다른 한쪽에서 몇 배로 복수하는 악순환의 반복이었다. 그 와중에 얼마나 많은 청춘이 동백꽃 송이처럼 붉은 피를 흘리며 스러져 갔을까.

해군 장병 서른아홉 명이 전사한 충무함 침몰사건을 비롯해 경원선 폭파, 대한항공기 납치, 울진 삼척 지역 무장공비사건 등이 모두 그 무렵에 일어났다. 특히 백이십 명의 북한 무장 공작원이 대거 남파돼 이승복 어린이 등 양민을 참혹하게 학살한 울진 삼척 사건은 그 전에 남한 공작원들이 북파되어 실행한 모종의 파괴 살해 사건에 대한 보복 공격이었다. 북한이 도발을 해 올 때마다 남한은 두 배 이상의 무장 공작요원을 침투시켜 평양의 중요 기관이나 개성 물류 단지 등을 폭파하고 군 수뇌부 인사를 살해하기도 했단다……."

갑자기 눈앞이 번쩍거리며 굉음이 울려 퍼졌다. 청운은 깜짝 놀라서 잠이 깨었다. 하늘에서 번개가 치고 천둥이 우르릉댔다.

4.
스물네 명에서 아홉 명으로, 비운의 청춘

줄기차게 내리던 비는 오후가 되어서야 서서히 잦아들었다.

청운과 개호주는 마지막으로 남아 있던 미숫가루를 물에 타서 마셨다. 용케 수중에 넣어 갈무리해 두었던 뱀 살과 인삼 뿌리는 이미 한참 전에 그들의 배 속으로 들어가 소화되어 버렸다. 그 때 마이크 소리가 산 여기저기로 울려 퍼졌다.

"대원들에게 알린다! 지금 이 시각부터 잠적을 해제한다! 모두 은신처를 벗어나 30분 내로 귀환 장소로 이동해 집합하기 바란다!"

메아리가 산골짝을 이리저리 떠돌아다녔다. 배낭을 챙겨 굴 밖으로 나선 개호주가 물을 첨벙첨벙 밟고 저쪽으로 건너가더니 갑자기 질퍽거리는 흙탕 위에 드러누워 미친개처럼 마구 뒹굴었다.

"왜 그래?"

청운이 놀라서 물었다.

"너도 빨리 해."

"응?"

"멀쩡하게 내려가면 북한에 넘어갔다가 초대소에서 융숭하게 대접받고 왔다고 생트집을 잡을지도 모른단 말이야."

"설마 그럴라구."

"야, 설마가 사람 잡는다. 간첩이나 빨갱이로 몰려 죽은 억울한 사람이 얼마나 많은지는 아무도 모른데. 그리고 빨갱이 가족뿐 아니라 사돈의 팔촌까지도 연좌제로 묶어 못살게 족쳤대."

그리고 이런 이야기를 했다.

시골에서 태어난 그 여자는 어려운 집안 형편으로 소녀 시절에 서울로 올라와 온갖 궂은일을 하다가 스무 살이 넘어 홍콩으로 이민을 갔다. 그곳 술집에서 호스티스 등으로 일하던 중 젊은 한국인 사업가를 만나 한 살 어린 그 연하남과 결혼을 했다. 하지만 결혼 생활이 순탄치 않았던지 부쩍 싸움이 잦아졌다.

그날도 다툼을 벌이던 중 남편은 여인을 둔기로 때렸고, 갑자기 쓰러지자 겁을 먹은 그놈은 자살로 위장하기 위해 끈으로 목을 묶은 뒤 일본으로 도주해 버렸다. 그런데 엉뚱하게도 그는 일본의 북한 대사관에 망명신청을 했다. 북한으로 망명하여 처벌을 피하기 위해서였다. 그러나 거절당한 그는 생각을 바꿔 미국 대사관으로 도주했다. 미국 대사관은 놈의 행동을 수상하게 여기고 한국 대사관에 연락해 신병을 인계했다.

그는 결국 한국 대사관으로 갔고 궁지에 몰린 놈은 잔꾀를 부려, 아내가 북한 공작원에게 납치되었고 자신은 북한 대사관에서 도망쳐 왔다고 했다. 그러나 미국 대사관의 증언과 놈의 알리바이 부족으로 거짓말은 금방 탄로 났고, 일본 대사관 측은 이러한 내용을 한국 외무부와 중앙정보부에 통보했다.

그런데 중앙정보부는 갖은 방법을 동원해 놈을 한국으로 압송해서 기자회견을 강행하는 데 성공했다. 놈은 기자회견에서 가증스러운 눈물까지 흘려 가며 자신이 북한의 간첩에게 납치될 뻔했다는 진술을 했다. 아예 안기부의 요구대로 아내를 북한의 여간첩이라고 진술했다.

중앙정보부가 이러한 공작을 했던 배후에는 군사정권의 이해타산이 있었다. 그 당시엔 불꽃같은 국민들의 민주화 운동으로 정권은 극도의 부담을 안고 있던 상태였다. 또한 대통령은 국민들 앞에 약속한 민정 이양을 거부하고 다시 대선에 출마한 시점이었다. 위기에 몰린 상황에 군사정권에게 요긴하게 필요했던 것이 바로 북풍(北風) 공작이었다. 중앙정보부는 이미 자체 조사를 통해 놈이 거짓말을 하고 있다는 것을 다 파악했지만, 국면전환용 대공사건으로 만들기 위해 엉뚱하게도 북한의 납치미수사건으로 조작해 버린 것이다. 일단 북풍이 불면 사실 여부와 관계없이 국민들은 북괴군이 쳐내려와 또다시 전쟁이 벌어질지도 모른다는 공포심과 위기감에 떨게 되고, 그리하여 마치 흑마술에라도 걸린 듯 정부의 입바른 거짓말을 그대로 믿곤 고분고분 로봇처럼 따르기 쉽기 때문이다.

여인의 시신은 보름쯤 지난 후 부패한 냄새를 참다못한 이웃 주민들의 신고로 자신의 아파트에서 형체를 알아볼 수 없을 정도로 부패한 상태에서 발견되어 홍콩의 무연고 묘지에 외로이 묻혔다.

이후 안기부는 여인의 유족들을 위로하기는커녕 모조리 중정 지하실로 끌고 가 잔인한 고문과 협박을 자행했다. 간첩으로 낙인찍힌 가족들은 감옥에서 정신병에 걸려 폐인이 되었고, 친척들도 사회의 따가운 시선을 참다못해 화병으로 사망하는 등 풍비박산이 났다.

"나중에 기회가 있으면 또 얘기하기로 하고, 일단 누가 볼지 모르니까 빨리 서둘러."

청운은 만약 남이 보면 미친놈들이라고 비웃으리라는 생각을 하면서 진탕에 드러누워 뒹굴었다. 차가운 몸만큼 시간은 응고돼 버린 듯싶었다. 왜 이런 짓을 해야 하는지, 꼭 해야만 하는지, 하지 않으면 안되는지 의문스러웠다.

"야, 그만하고 일어서! 너 꼭 광인 같다."

개호주가 팔을 잡아당겨 일으켜 그대로 끌고 내려갔다. 청운은 진짜 미친놈처럼 히히 웃으며 터덜터덜 발을 옮겼다. 연병장엔 비 맞고 굶주린 살쾡이 같은 꼬락서니의 훈련병들이 이미 모여 서 있었다. 엄마

배 속에서 태어날 땐 저마다 다른 얼굴로 딴 꿈을 꾸었을지 몰라도 그곳에선 매한가지 운명을 지닌 무리인 성싶었다. 검은 모자 조교의 명령으로 점호를 실시했다.

"하나, 둘, 셋…… 아홉, 이상!"

"좋다! 곧 지대장님의 특별 훈시가 있을 것이다!"

잠시 후 선글라스를 낀 불독 같은 얼굴이 미소를 지으며 나타났다. 그는 윗입술로 윗니에 낀 뭔가를 빼내 듯 움죽거리더니 말했다.

"여러분, 그동안 수고가 많았다. 주어진 악조건을 회피하지 않고 극복해 낸 여러분은 우리 조국의 작은 영웅들이다. 오늘로써 일차적인 훈련이 종료되었다! 혹독한 극기 훈련에서 살아남아 최강의 전사로 불사조처럼 재탄생한 여러분의 무운을 빌며, 자랑스러운 해골단의 자부심을 갖고 항상 조국에 충성하길 바란다!"

청운은 문득 놀랐다.

'처음에 스물네 명이 함께 훈련을 시작했었는데 겨우 아홉 명만 남았다니…….'

사실 그동안에도 하나둘 죽어 가는 동료들을 보며 충격과 분노를 느꼈었지만 며칠 지나면 억지로라도 잊어버리려고 애를 썼었다. 몽둥이에 맞아 죽거나 절벽에서 자의 반 타의 반으로 떨어져 죽은 경우도 있었고, 반병신이 되어 귀가 조치되거나 탈영하는 자도 있었다. 되돌아보면 힘겨운 시간의 연속이었다. 그래서 일종의 룰렛 게임 같은 자해 시도를 벌이는 놈도 있었다. 훈련 도중 다치면 외부의 병원으로 후송

된다. 지옥 같은 현실에 지쳐 버린 훈련병들 중엔 간혹 일부러 자신의 몸에 상해를 가하기도 했다. 절벽에서 뛰어내리거나 칼이나 총으로 신체의 일부를 훼손하는 것이다. 몸이 좀 상하더라도 병원 침대에 누워 며칠 푹 쉬거나 귀가 조치되려고 벌이는 짓이지만 그러다가 정말로 황천길을 밟는 경우도 있었다.

'나도 잠시 더 살아 있을 뿐 같은 신세일 수도 있을 거야. 개미가 1밀리미터를 더 걸어간들 과연 무슨 소용이 있나? 살아남은 걸 적자생존의 영웅이랍시고 입에 발린 칭찬을 하는데, 실은 선한 사람은 도태시켜 죽여 버리고 평범한 사람을 악독하게 만들어 버리는 것 같아.'

검은 선글라스는 목청 높여 말을 이었다.

"여러분! 우리 대한민국은 지금 위대한 영도자이신 박대통령의 지휘 아래 조국 근대화라는 단군왕검 이래의 창대한 이상을 향해 매진하고 있다! 그런데 저 윗동네, 그러니까 북한의 동족이란 것들이 공산당의 탈바가지를 쓴 채 사사건건 우리 조국의 찬란한 미래를 방해하는 것이다! 어린 영웅인 여러분은 일당백을 넘어 전 북괴군을 쳐부순다는 강력한 일념으로 매사에 임해 주기 바란다. 우리의 참된 정신을 붉은 피로 모아 민족의 제단에 바치려는 각오가 중요하다. 충무공 이순신 장군의 말마따나 살려면 죽고 죽으려면 사는 것이다. 우리의 마음이 한곳으로 모일 때 신비로운 기적의 통일이 이뤄질 수 있음을 명심하라!"

그는 일순 말을 멈췄다. 그리고 이마의 주름살과 입꼬리만으로 짐짓 심각한 표정을 지으며 훈련생들을 둘러보았다. 그들의 모습에서 일말의 불안과 초조한 강박증의 기색을 본 후에야 그는 불현듯 표정을 바꿔 원래대로 웃음 지었다.

'허무하게 죽을 것이라면 대체 왜 태어났을까? 살아 있다는 게 풀잎 끝에 맺힌 이슬 같구나.'

청운은 비참한 현실과 허무한 인생을 보는 듯 맘속으로 독백을 했다. 처음 여기 입소했을 무렵에도 한 훈련병이 반항하다가 맞아 죽은 적이 있었다. 그 당시 교관은 본보기라고 말했었다. 그 이후에도 많은 대원들이 맞아 죽고, 지나친 기합을 받다가 목숨이 끊어지거나 스스로 자기 몸을 훼손해 시체로 변했다. 왜, 대체 왜 그랬을까? 누가 억지로 강요한 것도 아니고 선글라스 사내의 허풍과 달콤한 거짓말이 있었다 하더라도 어쨌든 본인 스스로 선택한 길이 아니던가?

문득 하늘이 어스레해지더니 비 냄새를 머금은 듯한 바람이 세게 불어왔다. 나뭇가지에 겨우 붙어 있던 가랑잎이 우수수 떨어져 이리저리 정처 없이 흩날렸다.

소년 비밀요원과 공동경비구역

5.
최초의 청소년 특수공작원 부대

청운을 비롯해 악마산에서 살아남은 아홉 명은 비무장지대(DMZ)에서 가까운 어떤 부대의 비밀 안전가옥으로 이동했다. 숲속 깊이 은폐된 그 안가에는 교육관과 기간병 다섯 명이 배치되어 있었다. 의식주 등 모든 면에서 생활여건이 훨씬 좋아졌다. 그들은 그곳에서 공작원으로서 갖춰야 할 정신 교육을 비롯해 여러 가지 실제 기술을 배웠다. 전문적인 요원들로부터 독침과 독약 사용법, 미행술, 열쇠 기술, 폭파법, 독도술 따위를 한층 더 세련되게 익혔다.

얼마 후 아홉 명은 다시 3개 조로 나뉘어 각각 따로 밀봉교육과 훈련을 받았다. 청운이 속한 조는 사진촬영법을 위주로 교육받았다. 특히 청운은 그림을 그리는 손재주가 딴 애들보다 좀 더 뛰어나, 가능한 한 신속 정확히 대상을 보고 그리는 관찰묘사법 등을 집중적으로 수련했다. 밀봉교육 시간에 교관은 말했다.

"여러분의 적은 바로 우리 국가의 적이기도 하다. 여러분은 악마의 공산당 괴뢰 소굴을 무찌르러 갈 정의로운 민족의 전사인 것이다! 물론 북한의 하늘과 땅 그리고 산천은 우리 조국의 갈라진 반쪽이며, 그 지옥에서 고통받는 일반 주민들은 우리가 구해 내어 함께 행복을 누려야 한다. 그런데 아무리 아름다운 이 금수강산이 천국이라 하더라도, 악마 괴물이 설치는 이상 한반도 한민족은 시시각각 불안에 떨어야 하는 것이 아닌가? 우리의 주적은 바로 그 빨갱이 악마당 괴수와 그 밑에서 서민의 피를 빨아먹으며 희희낙락하는 악당들이다. 그들은 자기들의 소굴을 인민공화국이라고 떠벌리지만, 사실은 사이비 종교의 판박이와 같다. 그 사이비 공화국 수령은 사실은 독재자로서, 마치 위대한 교주처럼 스스로를 신격화하고 인민들을 세뇌시켜 피를 빨아 마시는 것이다!"

그는 목소리를 살짝 낮추었다.

"여러분, 혹시 기쁨조가 무엇인지 아는가? 아방궁의 미희들이라면 알기 쉬울 것이다. 조선 왕조 시대보다 사이비 '조선인민공화굴'이 더 사악한 점은, 예쁘고 어린 소녀들을 뽑아 괴수의 마음대로 농락했다는 사실이다. 그녀들은 국신을 모시는 민족의 선녀라고 세뇌되어 수괴의 기름진 몸뚱이를 매만지는 것조차 영광스러워 한다. 조선 왕조 때 왕들이 후궁을 여러 명 두었다곤 하지만 나름대로 엄격한 도덕과 규범이 있었기 때문에 연산군 등 몇몇 망나니 색마를 제외하면 오히려 일반인보다 규방 생활이 불편했다고도 한다. 그런데 북한 괴수는 사이비 종교의 교주를 뺨칠 정도로 체계적이고 광범위하게 미소녀들을 물색해 그의 아방궁을 채우고 있다! 소녀들을 육욕의 노리개로 삼은 것 자체가 사악한 범죄라고 할 수 있다. 국가라는 이름을 내걸고 사이비 왕국의 법으로 파렴치한 짓을 저지르는 것이다. 우리 한국의 중학교와 고등학교를 합친 고등중학교의 어린 여학생들을 매년 봄에 모아 놓고 일차적으로 물색 관리들이 어여쁜 애들을 뽑는다. 학업 성적과 성격이 좋은 계집애들을 추려 낸 다음 훈련시켜 수령과 그 휘하들의 노리개로 삼는 것이다. 그리고 북한을 방문하는 외국의 주요 인사들이나 우리 남한에서 올라간 유명 인사들을 미인계로 포섭해 저들의 스파이로 변조시키니 여러분들 또한 각별히 유의해야만 할 것이다. 원래 공산당 놈들은 여자고 남자고 감언이설을 잘 쓴다. 여러분은 어떤 상황에 처하더라도 우리 조국의 건아임을 명심해야 한다. 체포됐을 때뿐만 아니라 자수했을 경우에도 보위부 놈들은 여러분의 눈알과 생니를 뽑고 손가락을 부러뜨려 버릴 것이다. 폐차된 후 죽는 바에 차라리 독약 앰플을 깨 삼키고 자살하는 게 더 나을 것이다."

괴수의 아방궁 얘기가 나올 때는 질투와 원망이 뒤섞인 숨을 거칠게 내쉬던 대원들도 교관의 마지막 말에 대해서는 콧방귀를 뀌었다.

"흥, 북괴나 남한이나 거의 비슷한 모양이구만 뭐."

"여기서야 윗동네 놈들처럼 그렇게 노골적으로 하진 않고 점잔 빼는 척하지만, 어차피 유명한 여배우를 비롯해서 여대생들을 맘대로 골라 놀 수 있으니 열린 아방궁이지 뭘 그래. 그리고 꼭 최고 권력자가 아니더라도 돈만 있으면 자유롭게 주지육림 잔치를 벌일 수가 있는데 뭐가 부러울까, 씨팔."

원래의 교육 목적은 북한 괴뢰 도당에 대한 적개심을 불러일으키는 것이었을 텐데, 대원들의 야유는 엉뚱한 데로 흘러갔다. 물론 슬쩍 비아냥거릴 뿐이었지만, 이미 근엄한 가면 뒤쪽의 맨얼굴을 알고 있다는 투였다.

청운은 그런 말을 들으면서 생각했다.

'아마 허풍도 많이 섞였겠지. 인간이란 동물은 꿈이 많아서 자기가 하지 못하는 욕망을 허풍으로 소화시키기도 한다니까. 하지만 나라를 다스린다는 분들께서 정말 그런 짓거리에 정신이 팔려 있다면 솔직히 짜증 나는군. 좀 염려도 되고 말이야. 하지만 내가 어쩌겠어? 만약 그게 사실이고 국민들이 확연히 알게 된다면…… 검정고시 국사 책에 나온 대로 힘없고 가난한 백성들이 나서서 동학 같은 혁명을 일으키거나, 어떤 애국지사가 마치 안중근 의사나 윤봉길 열사처럼 이토 히로부미와 총독부 고위층을 향해 정의의 총알을 날리듯 하지 않을까? 자, 나는 지금 할 수 없는 일은 속으로 계획만 하고, 당장 주어진 상황에서 해야 할 일부터 제대로 하자.'

그리고는 열심히 스케치를 하고 카메라를 만지작거렸다. 마치 자신의 몸처럼 익숙해질 때까지. 낡은 물건이지만 무엇인가 중요한 일을

　　　　　　　　　　　소년 비밀요원과 공동경비구역

해낼 수 있다는 생각 속에서……

미국 공군 기지에서 떠오른 정찰기는 북한 하늘을 날며 비밀리에 공중 촬영을 하곤 했다. 군사분계선과 비무장지대를 넘어 평양 등 주요 도시의 군사 기지와 기간 시설물들을 빠짐없이 사찰했다. 지하 구조물이 존재할 만한 구역은 수차례 탐찰했다.

그 필름은 미군 정보부대를 통해 한국 첩보부대로 넘어왔으며, 인화된 사진들은 각 전선의 지구대로 보내졌다. 그러면 지구대에서는 이전에 촬영된 사진과 비교 판독해, 어떤 정체불명의 신축 구조물이 발견되면 즉시 무슨 용도의 건축물인지 알아내어 작전 대비를 꾀하는 것이었다. 초점을 정확히 맞추지 않고 고공에서 촬영된 항공사진은 윤곽이 아주 불투명했다. 그리고 실핏줄이나 점처럼 작은 모습으로 보이므로, 결국 직접 가서 확인해 사진을 찍고 그림을 그려와 침투작전을 세우는 게 가장 좋았다.

한 조로 짜인 세 명의 대원들은 서로 일심동체라고 느낄 정도로 반복 훈련을 받았다. 사진촬영술 교육은 피사체를 선명히 포착하고 주변 풍경을 고스란히 담아내기 위한 파노라마 기법을 위주로 진행됐다. 또한 건물의 용도 및 출입구의 위치, 차량과 병력의 숫자를 탐색하는 가상 훈련도 덤으로 받았다.

며칠 후였다. 늦가을 바람이 이른 아침부터 산자락의 낙엽을 이리저리 구슬프게 흩날렸다.

조교들이 대원들을 깨워 집합시켰다. 교관의 표정은 선글라스를 꼈는데도 어딘지 긴장된 기색이었다. 그래도 분위기를 살짝 누그러뜨리는 게 좋겠다는 듯 입가에 가벼운 미소를 띠었다.

"여러분은 이제 둥지를 떠나서 날아가야 한다. 조국과 민족의 통일을 위해 사선을 넘어 저 윗동네로. 드디어 작전 명령이 떨어졌다!"

대원들의 얼굴이 일시에 굳었다. 그동안 휴식 시간엔 빨리 작전이 시작되면 좋겠다고 농담 따먹기를 하기도 했지만 막상 그 현실이 눈앞에 닥치고 보니 불안스러워진 것이리라.

'북한은 대체 어떤 곳일까? 북괴라고도 하고 북조선이라고도 하는 그곳엔 혹시……. 도깨비 같은 괴물이 설쳐 대며 사람을 잡아먹는다는데.'

청운은 불안스런 표정으로 은근히 떨었다. 헛웃음이 나오면서도 저절로 가슴속이 떨리는 걸 어쩔 수가 없었다. 교관은 자기 목소리가 대원들에게 주는 영향력을 맛보기라도 하는 듯 목청을 울려 가면서 일장 연설을 했다.

"흠, 여러분은 우리 특수공작원 역사상 최초의 청소년 부대라고 할 수 있다. 6·25전쟁 때 어린 아동들이 북파돼 훌륭한 활약을 펼친 적도 있지만, 워낙 다급한 상황이라 훈련을 제대로 받지 못한 채 적진에 투입돼 사실상 인명의 낭비가 많았다. 그래서 장점은 살리고 단점은 최소로 줄이는 변칙적이고 창발적인 전략에 따라, 전 세계적으로 최초의 청소년 특수부대가 탄생하게 된 것이다! 여러분은 성인에 비해 연약한

면이 없잖아 있지만 또 그만큼 유연하고 순수한 장점이 있다. 상부에서 기획을 하긴 했으나 실제적인 성과는 여러분 자신의 노력으로 일궈내야 한다. 이번 제1차 작전에 성공하면 더 중요한 임무가 주어질 것이다. 이를테면 2계단, 3계단, 4계단, 5계단 계속 올라간다면 노력에 따라 정규 특급요원으로 성장해 대한민국의 영광에 한 몸 바쳐 기여할 수 있는 것이다!"

교관은 헛기침을 하고 나서 말을 이었다.

"어쨌든 그동안 수고들 많았다. 많은 우여곡절을 겪었을 테지만, 그건 나중에 여러분의 인생에서 값진 훈장이 될 수도 있다. 그러니 이곳에서 겪은 일들은 오직 선택받은 자들의 비밀로 남아야만 한다. 여러분은 어디서든 조국의 전사로서 명예롭게 살아가야 하는 것이다! 사실 지원자는 많았지만 전사로 재탄생한 경우는 여러분들뿐이다. 여러분이 잘해야만 다음 회차 후배들도 명예로운 전통을 이어 따르는 것이 아니겠는가? 계획대로라면 A조와 B조는 육로를 통해, C조는 해안으로 침투할 예정이다. 부디 해골부대의 정신을 잊지 말라!"

교관은 좀 비장한 어조로 말을 맺었다. 그가 떠드는 동안 지프차 두 대가 와서 대기 중이었다.

"어서 타라!"

따로 갈리게 된 세 조의 대원들은 서로 작별인사를 나눌 틈도 없이 차에 올랐다. 그들의 운명은 어찌 될 것인가? 하늘은 아무 말도 없이 마냥 푸르기만 했다. 천지의 기운을 받고 사는 나뭇잎 속에서 새들만 저마다 다른 목소리로 지저귈 뿐이었다.

6.
민통선을 지나 윗동네로 가는 길

한밤중이었다.

어쩌면 이승에서 마지막으로 먹는 밥일지도 모를 일이었다. 그런데 청운은 밥도 국도 제대로 삼킬 수가 없었다. 이른바 '윗동네'라고 불리는 북한 땅! 그 미지의 세상으로 넘어간 후 살아 돌아온 대원은 많지 않았다고 전한다. 십중팔구는 죽거나 붙잡혀 불귀의 객이 되고 겨우 한두 명만 살아 돌아온다는 괴물의 땅. 하지만 청운은 왠지 별로 겁이 나진 않았다. 그저 미지의 어떤 괴상한 세계에 대한 호기심과 긴장감 때문에 식욕이 사라져 버린 것 같았다. 같은 조가 된 개호주와 스라소니는 '특식'을 열심히 먹어 댔다.

"야, 너 왜 안 처먹고 그러냐? 새끼, 속이 막 떨리는가 보군."

개호주가 웃으며 말했다.

"그냥, 입맛이 별로 없어서…… 난 멀리 여행을 떠날 땐 배가 안 고파."

"미친놈, 이게 지금 여행이냐? 흐흐, 하긴 사선을 넘어가는 여행길이긴 하지."

"만약 통일이 되면 거기도 우리나라잖아. 만약 네가 낳은 아기가 있다고 쳐 봐. 그런데 아기의 하체만 보고 상체를 보지 못한다면 대체 어떤 기분일까? 난 지금 그런 느낌이야."

"임마, 제발 헛소리 좀 그만 지껄여라. 야, 내가 지금 배고파서 이렇게 퍼먹는 줄 아냐, 응?"

"뭐?"

"미각을 통해 내가 현재 동물처럼이라도 살아 있다는 사실을 느껴보기 위해서야."

"개소리들 집어치워!"

갑자기 스라소니가 닭고기를 씹던 이를 슬쩍 드러내며 지껄였다.

"뭐라구? 그럼 넌 그게 맛있냐?"

개호주가 인상을 찌푸린 채 물었다.

"맛? 오해하지 마라. 난 그냥 오늘 하루를 버텨 내야 한다는 생각으로 씹어 삼킬 뿐이야."

스라소니는 청운의 그릇에서 계란말이를 쿡 집어 가져가며 중얼거렸다.

"식사 끝났으면 그만 일어서라. 갈 길이 바쁘다."

잠시 한쪽에 물러서 있던 조교가 다가서며 재촉했다. 세 명의 사내애들은 자리를 털고 일어나 마치 서부영화에 나온 총잡이들처럼 양손을 허리춤에 걸친 채 조교를 따라 걸어갔다. 한 방에서 그들은 북한 군복으로 갈아입고 작은 배낭 속에 쌍안경, 카메라, 나침반, 수첩과 볼펜, 보병삽, 미숫가루, 독약 등을 챙겨 넣었다. 그들이 배낭을 메고 출발 준비를 마치자 교관이 들어와 훈시를 했다.

"여러분은 이제부터 공동운명체로서 움직여야 한다. 이건 허울 좋은 전우애가 아니라 실익을 위해서다. 여러분의 배낭은 가능한 작고 가벼워야 하기에 필수품들을 나누어 지니게 한 것이다. 물론 비상시엔 각자도생해야겠지만, 가능하면 공동 목표를 향해 육체건 정신이건 협력해 일사불란해야 한다는 뜻이다."

교관은 진지한 표정을 짓더니 한쪽 벽에 붙은 지도를 가리켰다.

"보다시피 토끼 같기도 하고 호랑이 같기도 한 이 한반도는 같은 땅이지만 남북은 전혀 다른 곳이다. 그렇다고 겁먹을 것까진 없지만, 생명이 걸린 만큼 최대한 세심하면서 또한 과감해야 한다. 윗동네까지 침투하는 동안 많은 난관이 있겠지만, 사즉생의 이순신 장군 정신으로 나아가면 오직 영광이 있을 뿐이다! 교육 훈련 중에 습득한 기술을 잘 활용하되, 어디까지나 적지의 상황에 따라 창발성을 발휘해야만 목숨을 보존할 수 있을 것이다. 건투를 빌며…… 이상!"

그러고는 어둠 속으로 사라져 갔다.

자정을 갓 넘은 시각, 세 명의 청소년 공작원은 검고 작은 차를 타고 최전방으로 거슬러 올라갔다. 민통선(민간인 통제지역)을 지나 군사분계선이 저 멀리 보이는 듯한 검문소를 통과할 때마다 조금 전에 건맨을 흉내 내던 풋내기들은 점차 안색이 창백해졌다. 그동안 공상만 하던 북으로의 침투가 실제 상황임을 생생히 느낀 때문일까.

　차는 한없이 길게 뻗은 철조망을 따라 무정스레 달려갔다. 비무장지대의 숲과 벌판이 어둠 속에서도 어렴풋이 보였다. 아니, 보인다기보다 느껴졌다. 달은 없었지만 유난히 초롱초롱 반짝거리는 별빛 때문인지 황량하면서도 그윽한 느낌을 주는 풍경이었다.

　초소 앞에서 지프차가 멈췄다. 세 명의 공작원이 내리자 차는 곧 떠나 버렸다.

　청운은 미지의 세계인 북쪽의 암흑을 묵묵히 응시했다. 삼팔선 또는 휴전선이라고도 불리는 통한의 철조망. 해방 후 미국과 소련의 암투 속에서 그들의 입맛대로 한반도 금수강산의 허리에 그어진 그 군사분계선을 기점으로 남북 양쪽으로 2킬로미터씩 모두 4킬로미터에 이르는 광막한 비무장지대가 펼쳐져 있었다. 그 비밀의 공간을 거쳐 북국으로 침투해야 하는 것이었다.

　초소에서 기다리고 있던 수색대 요원이 다가왔다.

　"여러분을 분계선 지점까지 안내할 송 중사입니다. 저 DMZ 안에는 전역에 걸쳐 각종 지뢰가 매설돼 있습니다. 지금부터 제 뒤를 따라 조심스레 전진하기 바랍니다. 귀환 때에도 이 루트를 이용할 것이니 유의하십시오. 자기 몸을 중심으로 해서 좌우 30센티미터 밖으로는 결코 벗어나선 안 됩니다."

그는 말을 마친 후 소리 없는 그림자처럼 움직여 나갔다. 대원들은 마치 어미 뒤를 따라 꼬리를 물고 가는 오소리처럼 일심동체로 움직였다. 달도 없는 밤이라 그런지 수색대 요원마저 침투 루트를 찾아 나아가느라 잔뜩 긴장된 상태였다. 10미터를 이동하는 데 1분 이상 걸렸다. 어떤 지점에서는 한동안 멈춰 이성적인 판단과 도박 사이에서 갈등하기도 했다.

이윽고 남방한계 철책선 앞에 도착했을 땐 자정이 한참이나 지나 있었다.

"그럼 수고하십시오. 사흘 후 자정에 이 지점에서 다시 만나도록 합시다. 충성!"

송 중사가 작게 속삭인 후 돌아갔다. 세 명의 공작원은 천천히, 하지만 최대한 신속히 움직이려 노력하며 조심스레 어둠 속을 헤쳐 나갔다. 무성한 수풀이 바람에 흔들리며 얼굴을 간질렀다. 과연 저 광막한 지뢰밭을 통과할 수 있을지 의심스런 상황이었다. 저 땅속엔 얼마나 많은 지뢰가 묻혀 있을까? 땅을 파 보면 마치 저 컴컴한 하늘에 무수히 박혀 반짝거리는 별들만큼 지뢰가 총총히 박혀 있지 않을까? 하늘의 별은 정신을 맑게 승화시키지만, 땅의 쇠별은 사람의 육신을 파괴하면서 죽음의 핏빛을 사방에 뿌린다.

청운은 긴장한 채 개호주의 뒤를 따라가면서도 이따금 눈을 들어 밤

하늘에 살아 있는 듯이 반짝이는 별을 쳐다보았다. 초롱초롱 마치 눈물이라도 머금은 양 살짝 웃음 지으며 어떤 밀어를 속삭이는 듯한 별. 서울에선 보지 못한 산골 처녀의 눈동자 같은 것이었다.

"야, 잠깐 기다려 봐!"

앞장서 걷던 스라소니가 말했다.

"왜?"

개호주가 대꾸했다.

"저게 뭐야?"

"개울 같은데……."

"겉으론 얕아 보여도 늪지대일 수도 있어. 저쪽으로 돌아가자."

"그러려면 제법 걸어야 할 것 같은데 그냥 돌파하자. 괜히 돌아가다가 재수 없게 지뢰에 걸리는 것보다야 낫지. 쌍놈들이 물속에 뭘 묻어 놨겠어?"

"모를 일이잖아."

"그래도 어쨌든 저 멀리 돌기보다 길을 단축하는 게 유리할 것 같아. 네 생각은 어때?"

개호주가 청운에게 물었다.

"응?"

청운은 그들의 대립된 의견을 그냥 무심중에 듣고 있다가 되물었다. 어차피 파리나 지푸라기 같은 목숨인데, 이리 가든 저리 가든 목적지에만 가면 되는 것 아닌가. 하지만 지금 이 순간엔 어느 쪽이든 선택을 해야만 했다. 그래야 어디로든 움직여 나갈 테니까.

"빨리 말해 봐, 임마!"

누군가 재촉했다.

청운은 심호흡을 했다. 어찌 보면 사소하겠지만 또 다른 관점으로 보면 너무나 중대한 양 갈래길 앞에 선 느낌이었다. 두 사람의 의견이 충돌하고 있으므로, 지금은 운명이나 신의 뜻에 맡길 수도 없고 그렇다고 인간의 의지에 맡길 수도 없는 상황이었다. 사소하게 별일 없이 나아간다면 좋겠지만 혹시 큰 사태가 발생한다면 그 책임은 누가 져야 할까?

결국 청운은 아무 말 없이 앞으로 나서서 개울인지 늪인지 모를 물속으로 걸어 들어갔다. 폭이 5미터쯤 되는 개울을 청운이 탈 없이 헤쳐 건너자 의견을 다투던 둘도 더 군말 없이 따라왔다. 원래 행동지침은 '서로 협력하되 중요한 최종 결정은 스라소니가 한다.'라고 내려졌지만 대충 그렇게 해서 넘어갔다. 다시 무성한 수풀이 앞을 가로막았다. 부드러운 풀과 나무들은 침묵의 휴식을 방해받은 게 성가신지 발목과 무릎 그리고 허리께까지 휘감으며 저항하는 성싶었다. 마른 갈대가 스산한 바람결에 휘날리며 구슬픈 곡조로 노래했다.

어둠 속을 헤치며 공포스러운 밤길을 얼마나 걸어갔을까. 저 앞쪽에 철조망이 보였다. 어둠보다 더 검고 날카로운 철조망은 그 순간에도 한반도의 허리를 가르고 있다는 게 실감 날 정도로 강고하고 길게 펼쳐져 있었다.

"이제 저것만 넘으면 빨갱이 도깨비들이 산다는 북한 땅이다."

스라소니가 중얼거렸다. '정말 그럴까.' 하고 청운은 맘속으로 생각했다. 저 너머 베일에 가린 북촌엔 과연 어떤 사람들이 어떻게 살고 있을지 궁금하긴 했지만, 그들이 괴상스런 도깨비 같은 사람인지는 의심스러웠다. 이쪽에서 저쪽 사람들을 도깨비라고 한다면 저쪽에선 이쪽 사람들을 마귀라고 부를지도 몰랐다. 서로 생각이 다른 사람들끼리는 무슨 소린들 못하랴. 환한 자유 대한에서 사는 사람들도 의견이 좀 다르면 악마니 사탄이니 하며 잡아먹을 듯 으르렁거리지 않던가.

'쳇, 두 쪽 다 국민과 인민을 위한 아름답고 위대한 민주공화국이라고 내세우고 있지만 정말 그런가? 선감학원 같은 강제수용소나 아오지 지옥수용소 따위에 수많은 사람들을 가둬 둔 채 서로 잘났다고 허풍 치지 말고 형제간끼리 통일이나 잘해서 잘살 생각이나 해라, 짜식들아! 사이비 종교의 교주처럼 국민들을 제발 우롱하지 말란 말이야. 뿔 돋은 뻘건 도깨비니 마귀 사탄이니 하는 관념적인 헛소리보다야 이 현실의 지옥을 직시하는 게 훨씬 짜릿하지 않을까 싶어. 권력과 돈과 욕망에 미친 상류층 인간들이 중류층 동족을 짐승으로 여기고, 중류층 인간들은 하류급 동족을 사람 아닌 벌레처럼 취급하는 이 땅은 정말로 두 덩이가 아니라 열 덩이 백 덩이 천 덩어리로 쪼개져서 없어져 버릴 수도 있단 말이야. 강대국들의 먹이가 되는 것이지 뭐⋯⋯.'

청운은 속으로 혼잣말을 뇌까렸다.

"임마, 빨리 오지 않고 뭘 자꾸 우물거리는 거야."

소년 비밀요원과 공동경비구역

개호주가 '퉁박'을 주었다. 청운은 머릿속의 잡념을 털어 버리고 곧 동료들의 뒤를 따라붙었다. 철조망은 견고하고 날카로워 보였다. 강철은 무심한 가운데 적의를 품고 있는 성싶었다.

스라소니가 상의 주머니에서 라이터를 꺼내 손바닥으로 가린 채 불을 켜 철조망 아래쪽을 살펴보았다. 주변의 풀들이 미세하게 파르르 떨리고 있었다. 바람결에 의한 나부낌이 아닌 어딘지 부자연스런 느낌을 주는 떨림이었다. 철조망에 강한 전기가 흐르고 있다는 징조였다.

"일단 오리발을 꺼내 봐. 가능한 대로 작업하면서 찬스를 보자구."

스라소니가 말하는 것과 동시에 개호주가 배낭에서 특수 절단기를 꺼냈다. 절연제로 처리됐기 때문에 전기가 거의 통하지 않는 기구였다. 개호주는 특수 장갑을 끼고 나서 철조망을 조금씩 끊기 시작했다. 이따금 신음 소리를 토하는 것으로 보아 힘겹기도 하겠지만 그가 전기를 억지로 견뎌 내고 있다는 걸 짐작할 수 있었다. 북한이고 남한이고 전력량이 풍부하지 않은 상태였다. 산업 시설을 가동하고 도서관에 불 하나라도 더 밝혀 민족 문화를 꽃피우는 데 써야 할 전기가 동족 파괴의 사악한 동력이 되고 있었다.

모르긴 해도 아마 미국이나 소련에서 수입된 무기가 한 동족을 살해할 그런 용도로 준비되지 않을까. 교육 시간에 듣기로는, 전력 부족으로 인해 시간대에 따라 강, 중, 약의 전기가 흐르기도 하고 완전히 꺼져 버릴 때도 있다고 했다. 하지만 규칙적이지 않고 시시각각 바뀌므로 언제라도 그에 대비해야 하는 것이었다.

개호주가 땀을 뻘뻘 흘리며 전기 철조망을 따는 동안 스라소니와 청운은 야전삽과 손가락으로 땅바닥을 조금씩 팠다. 어찌 보면 걸리적거리기만 하고 또한 감전될 위험이 있는데도 그들은 마치 검정 개미처럼 조금이나마 도우려고 애를 썼다.

'꼭 이렇게 해야 할까? 물론 1분 1초가 급하므로 응당 협력해야만 한다. 하지만 별로 효율적이진 않다. 괜히 찔끔찔끔 헛심을 쓰는 대신 개호주 녀석의 작업이 끝나길 기다렸다가 힘을 모아 집중적으로 작업한다면 훨씬 빠르고 위험성도 적을 텐데……. 하지만 스라소니가 부지런히 뭔가 하고 있는데 나만 베짱이처럼 가만히 서 있을 수도 없는 노릇이고, 참 지랄 같군. 이런 식은 아마 우리 조상님들로부터 대대로 물려받은 버릇이 아닐까. 어딘지 정이 많아서 가만히 있지 못하고 조금이나마 도우려는 뜻은 좋은데, 상황에 따라서는 좀 합리적으로 가만히 쉬고 앉았다가 자기 차례가 왔을 때 진짜 부지런히 하는 게 결과는 더 좋을 것 같아.'

청운은 혼자서 꿍얼꿍얼 속으로 중얼거렸다. 결국 우려하던 사고가 일어나고 말았다. 뒷걸음질 치던 개호주의 군홧발에 스라소니의 손이 밟히면서 삽날에 손가락 하나가 깊숙이 베어 버린 것이었다. 순간적으로 흘러나온 짧은 비명 소리를 북한군 초소에서 만약 누가 듣게 된다면 셋은 독 속의 쥐새끼 신세가 될 수도 있는 위험한 상태였다. 서치라이트가 좀 더 강렬해져 샅샅이 훑어가는 느낌이 들었다.

셋은 일단 작업을 중지한 채 납작 엎드려 숨을 죽였다. 죽음처럼 싸늘한 땅바닥 위로 시간이 급박하게 흐르다가 허공으로 흩어지고, 마치 시공간이 얼어붙은 듯이 여겨졌다. 다행히 북한군 초소에서는 별다른 움직임이 없었다. 셋은 다시 몸을 일으켰다. 이윽고 철조망을 다 잘라 내고 뒤처리까지 마치자 청운은 삽으로 그 아래쪽의 땅을 파기 시작했다. 조금이라도 감전의 위험을 줄이기 위해서였다. 개호주는 스라소니의 손을 묶어 주고 있었으므로 청운 혼자서 땀을 뻘뻘 흘리며 통로를 만들었다.

잠시 후 셋은 조심스레 기어 철조망을 건너갔다. 찌릿찌릿 온몸을 엄습해 오는 성싶은 공포감이 전류 때문인지 미지의 세계에서 오는 압박감 탓인지 청운은 잘 분간할 수가 없었다.

그들은 우선 급히 산속을 찾아 기어들었다. 변변한 무기도 갖지 않은 그들로서는 가능하면 아무에게도 들키지 않고 은밀히 임무를 수행한 뒤 귀환하는 게 상책이었다. 그러려면 일단 으슥한 산줄기를 타고 목표지점에 접근해 가야 했다.

7.
스라소니와 개호주

산은 갈수록 점점 더 험준해졌다. 남한의 고산준령을 토끼처럼 뛰어다닐 정도로 지독한 훈련을 받았지만, 처음 보는 북녘의 험산은 꼭 어둠 속이 아니더라도 조심하지 않으면 낭패를 당할 만큼 가팔랐다. 지도상으로 보면 그들의 목적지는 50킬로미터쯤 남아 있었다. 하지만 산길은 평지와는 달랐을 뿐더러 앞으로도 계속 첩첩산중을 넘어야만 했다. 깎아지른 절벽과 까마득한 계곡이 반복적으로 나타나 칼산 지옥의 나졸들처럼 밤길을 막았다.

어느덧 먼동이 터 오고 있었다. 셋은 기진맥진한 채 낙엽이 수북이 쌓인 산 중턱에 주저앉았다.

"일단 요 부근에 비트를 파고 숨은 채 좀 쉬면서 대책을 짜 보자."

스라소니가 말했다. 그들은 한숨 돌린 후 곧장 잠복호를 파기 시작했다. 아무리 깊은 산중이라 하더라도 결코 안심할 수 없는 이유는 그들이 북파 공작원이기 때문이었다. 남한에선 애국자가 북한에선 반역자로 변하는 것이다. 언제 어디서 나무꾼이나 산나물을 캐러 올라온 아낙네의 눈에 띌지 모르는 노릇이었다. 설령 철부지 꼬마라 할지라도 일단 부딪치면 위험했다. 남한 아이들도 반공 교육을 받아 수상한 사람을 보면 두서너 명쯤은 경찰서에 신고하겠지만, 철저하게 세뇌 교육을 받은 북한 아이들은 남한 간첩을 악귀로 생각하므로 즉각 달려가 보고할 터였다. 그러므로 북한 지역으로 넘어온 이상 가능하면 누구와도 만나지 않아야 하며, 만일 그럴 경우엔 아장아장 걷는 어린애일지라도 죽여 버려야 하는 것이었다.

장애물 중엔 인간의 눈길 외에도 몇 가지가 더 있다고 훈련 때 들었다. 지뢰나 전기 철조망보다 덜 위험해 보이지만 사실은 은근히 더 무서운 건 흙밭과 실 올가미였다. 북한군은 침투가 예상되는 지역의 논밭이나 길목에 고운 흙이나 모래를 깔아 두었다가 발자국을 보곤 추적했다. 또한 인간 고기가 스며들 만한 숲의 요소에 보일락 말락한 실을 쳐 두었다가 그게 끊어진 걸 보고 적의 침투를 알아채기도 했다. 그런 원시적인 방법을 쓰는 건 북한의 경제사정 때문이기도 했지만, 남한의 공작원을 생포해 정보를 수집하려는 목적이 없지 않았다.

잠복호를 파고 그 위에 나뭇가지와 낙엽 따위를 올려 위장해 놓은 다음 셋은 급히 비상식량을 꺼내 허기를 달랜 후 멀찍이 떨어진 곳으로 가서 용변을 보곤 흙으로 덮었다. 그러고는 비트 속으로 들어가 웅크려 앉았다.

"일단 오늘은 여기 푹 박혀서 동태를 살펴보다가 어둠이 내리면 나가서 전진하자. 좀 갑갑하겠지만, 산속에도 낮에 사람이 다니는지 알아 두면 이튿날에 참고할 수도 있으니까 말이야."

스라소니가 삽날에 베인 손가락을 슬슬 흔들며 말했다. 아마 붕대 속으로 신선한 바람이 스며들도록 그러는 모양이었다.

"잠이나 푹 자 두자구."

개호주가 받았다.

"그래도 한 사람은 불침번을 서야겠지. 코를 골다가 들켜 생포될 수도 있으니까 말이야."

"먼저들 좀 자. 내가 나중에 깨워 줄 테니까."

청운이 대꾸했다.

"짜식, 형님 대접을 해 주는군."

개호주가 빙긋거리더니 흙벽에 기댄 채 스르르 눈을 감았다. 그 때 어디선가 멀리서 무슨 소리가 메아리를 울리며 들려왔다. 셋은 바짝 긴장해 귀를 쫑긋 세웠다. 혹시 침투 흔적이 발각돼 수색작전이 벌어지고 있는 건 아닌가 싶어 모두 가슴을 졸였다.

아침은 빛나라 이 강산
은금(銀金)에 자원도 가득한

삼천리 아름다운 내 조국

반만년 오랜 역사에 찬란한 문화로 자라난

슬기론 인민의 이 영광

몸과 맘 다 바쳐 이 조선 길이 받드세…….

그건 북한 〈애국가〉였다. 대원들은 교육 시간에 그걸 듣고 외었었다. 북한에 침투한 후 혹시 필요할지도 모르기 때문이었다. 곧이어 우렁우렁하는 소리가 들려왔다.

"친애하는 남조선 장병 여러분! 여기는 지상 최고의 낙원인 조선민주주의인민공화국에서 위대한 영도자 김일성 수령님의 따사로운 빛의 은혜를 담아 보내 드리는 조국 방송입니다. 날마다 살얼음판 위를 걷는 듯한 지옥 생활이 얼마나 힘겨우십니까? 지금부터 한 달 전 양키놈들의 꼭두각시인 독재 괴뢰정권의 압제에 못 견뎌 죽음을 무릅쓴 채 지상천국인 진정한 조국의 품으로 귀순한 조동호 동무가 옛 전우 여러분께 전하는 서신 낭독이 있겠습니다!"

그 방송은 휴전선 너머 남쪽의 국군 병사들에게 보내는 게 목적이겠지만, 철조망에 걸려 다 넘어가지 못하고 되돌아 깊은 산중의 이 절벽 저 골짝에 부딪혀 메아리져 오는 듯싶었다.

"천국, 천국, 천국…… 낙원, 낙원, 낙원……."

메아리를 듣던 스라소니는 피에 젖은 붕대가 감긴 손가락을 계속 흔들며 눈을 흉하게 일그러뜨렸다.

"새끼들, 천국 좋아하네."

"사이비 종교 교주의 개소리하고 같군."

청운이 중얼거렸다.

조동호라는 귀순 병사의 목소리가 들려왔다.

"사랑하는 남한의 국군 여러분! 안녕하십니까? 저는 얼마 전까지 여러분과 함께 고생했던 조동호입니다. 저는 지금 너무나 행복해서, 마치 지옥에서 천국으로 올라온 듯합니다. 남쪽이 지옥 조선이라면 여기는 정녕코 천국 조선이라고 할 수 있을 것입니다! 추악한 미국의 지배 아래 국군의 지휘권마저 미군에 넘겨진 상태에서 사는 여러분은 겉으론 살아 있는 인간 같지만 사실은 죽은 꼭두각시와 다름없는 것입니다. 너무나 안타까운 나머지 이 편지를 읽고 있지만 애처로운 심정에 눈물이 뚝뚝 떨어져 종이에 번지는군요……."

낭독자의 목소리에도 눈물이 스며들고 있었다. 스라소니가 씹어뱉듯 말했다.

"흐흥, 저건 유령의 목소리일 뿐이야."

"뭐?"

개호주가 반문했다.

"괴뢰도당의 누군가가 대신 써 준 걸 읽고 있단 말야. 아마 지금쯤 조동호란 개놈은 뒈졌거나 아오지 탄광에 가 있고, 저 개소리는 미리 녹음해 둔 것일 거야."

"맞는 말도 있구먼 그래."

"무슨 호랑말코 같은 반동분자 소리야."

스라소니는 개호주를 가만히 노려보았다. 개호주는 외면했지만 냉기류가 흘렀다.

잠시 목청을 가다듬은 조동호의 목소리가 메아리와 함께 다시 들려왔다.

"여러분, 남조선에서는 치열한 생존경쟁에서 패배한 수많은 사람들이 절망에 허덕이며 스스로 목숨을 끊습니다. 없는 사람들은 제 아무리 착실하게 살아 보려 해도 점점 더 빈궁해지고, 권력과 부를 가진 자들은 허허 웃고 앉았어도 떼돈이 계속 불어납니다. 이것은 정상적인 세상이 아니라 지옥에서나 가능한 일이 아닐까요? 여러분, 그런데 이곳 인민공화국에서는 소박하면서도 절실한 지상 천국이 차츰 실현되고 있습니다. 정욕과 물욕의 노예가 아닌 순박한 사람들이 힘을 합쳐 공평한 세상을 만들려고 노력하고 있는 것입니다! 모두가 보리밥과 된장국을 먹더라도, 함께 희비애락을 나누면서 희망이 보이는 삶을 살아가면 누구도 굳이 비참한 자살을 택하지는 않을 것입니다! 여러분, 아무 억압이 없는 진달래꽃 핀 정겨운 황토 산천으로 오셔서 함께 지상 천국의 복을 누리게 되길 바라며 이만 줄입니다……!"

잠시 후 선전방송에 가려져 있던 고운 새소리가 되살아나기 시작했다. 낙엽이 져서 스산한 바람결에 구르는 소리도 들려왔다.

"원 참, 진달래 진 지가 언젠데 호랭이 담배 피는 소릴 뇌까리고 있을까. 저 새낀 지금쯤 분명 황천객이 돼 지옥 주변을 떠돌고 있을 거야."

스라소니가 미간을 잔뜩 찌푸리며 씹어뱉었다.

"어거지가 좀 심하구먼. 진달래는 북한의 나라꽃이기도 하지만, 무궁화처럼 우리 한민족 전체의 꿈과 설움을 담은 꽃이기도 하잖아. 북한 사람들이 무궁화를 보고 적대국의 꽃이라면서 발로 짓밟아 버릴까?"

"……."

스라소니는 말문이 막힌 채 개호주를 노려보기만 했다.

"한 마디로 하면 조동호나 너나 나나 같은 족속이란 말야. 우리를 나눠 놓기도 하고 지금처럼 한 곳에 가둬 놓기도 하는 철조망만 없다면……."

"듣자듣자 하니까 못 지껄이는 소리가 없네. 난 저런 배신자 빨갱이 새끼나 너 같은 수박이 아니니까 혼동하지 마라."

"수박이나 청포도나 같은 과일이고, 사람 배 속에 들어가면 어차피 똥이 되어 나올 뿐인데 뭘 그래? 도둑놈들이 따먹지 못하게 지키는 게 더 좋을걸."

"수박은 뭐고 포도는 뭐야? 무식한 놈 서글프게 만들지 말고 좀 쉽고 편하게 얘기해라."

청운이 긴장된 분위기를 풀기 위해 말했다.

"넌 그걸 몰라서 묻고 앉았냐? 겉은 푸르죽죽한데 막상 대갈통을 깨 놓고 보면 빨갱이가 들어앉아 있다는 얘기지."

스라소니가 표독스런 웃음을 흘리며 대꾸했다. 분위기는 반전될 기미가 전혀 없었다.

"흐흐, 수박이든 청포도든 결국엔 그 즙액을 빨아먹고 파리나 모기처럼 무서운 전염병을 퍼뜨려 생명을 죽이는지, 꿀벌처럼 벌꿀을 만들어 죽어 가는 생명을 살리든지 하는 게 더 중요하지 않을까?"

"이런 빨갱이 새끼는 말로 해선 안 돼!"

갑자기 스라소니는 미친 듯 흥분해 개호주의 멱살을 잡아끌더니 주먹으로 면상을 마구 쳤다. 코피가 터져 붉은 피가 주르르 흘러내렸다. 스라소니 속에 숨겨져 있던 잔인성을 보는 듯해 청운은 심장이 떨렸다. 선감학원에서 피를 볼 때까지 폭력을 휘두르던 그 잔인성이었다. 개호주는 반격을 시도했지만 좁은 구덩이 속이라 뜻대로 되지 않았다. 그래도 씩씩대며 엉겨 붙어 일단 스라소니의 무지막지한 주먹질만은 결사적으로 제지했다. 둘은 마치 소싸움장의 두 마리 짐승처럼 푸른 뿔과 붉은 뿔을 서로 맞댄 채 씨근벌떡거렸다.

"뻘겡이 겉은 새끼, 죽여 버리고 말겠다!"

"너처럼 무식한 퍼렝이는 살해되는 것보다 차라리 자살하는 게 대한민국에 도움이 돼. 우물 안 개구리보다 못한 맹꽁이 같으니!"

"개자식, 양다리 걸치는 첩자처럼 꼼수 쓰지 말고 차라리 북괴 품속으로 꺼져 버려!"

"그래, 맹꽁이 새끼…… 너놈 꼬라지 보기 싫어서라도 갈 테니까 걱정 말어!"

"가기 전에 죽이고 말겠다!"

두 놈은 으르렁거리며 다시 치고 박기 시작했다. 마치 우물 속 진흙탕의 개싸움 같았다.

'만일 적군이 이 꼴을 본다면 드르륵 갈겨 버릴까, 히히 비웃을까?'

청운은 고함이라도 치고 싶었으나 그저 속으로만 생각했다. 그러고는 두 투견 사이에 끼어들어 우선 지랄 발광을 하며 설치는 스라소니의 목을 꽉 껴안고 졸랐다.

"멈추지 않으면 죽여 버리겠어."

"너 이 새끼, 미쳤니? 빨리 놔라!"

스라소니는 켁켁거리면서도 울분을 못 이겨 발악을 했다.

"그래, 함께 죽자구. 선감도를 잊기 위해서라도 그래야 할 것 같아."

청운은 나지막이 음울하게 속삭였다. 살의를 품고 씨근거리던 스라소니의 숨결과 힘줄이 서서히 풀려 갔다.

"알았으니…… 제발 좀 놔 줘. 이제 그만하자."

"뭘 그만해, 이 더러운 쥐벼룩 같은 새끼!"

궁지에서 벗어난 개호주가 피를 흘리며 달려드는 걸 청운은 등으로 막았다.

"제발 이러지들 마. 여기까지 와서 이 지랄 하려고 우리가 지옥산에서 그 생고생을 한 거야, 응? 다 죽고 우리만 남았는데 이런 개쌈이나 할 거냐구⋯⋯."

　두 녀석은 구덩이 벽에 등을 기댄 채 말없이 헐떡거리기만 했다. 개호주의 코에선 피가 계속 흐르고, 스라소니의 삽날에 다친 손가락도 상처가 터졌는지 감아 놓은 붕대가 점점 붉게 물들어 갔다.

　'서로 의견이 좀 다르다고 그동안 생사를 함께한 동지애도 잊고 상대의 결점만 찢어진 생살처럼 드러내 마구 비난한다면, 그 누군들 고름이 흐르는 썩은 흠집을 새살로 바꿀 수 있을까.'

　청운은 그런 상념을 입 밖으로 표현하고 싶었지만 혼자 속으로 삭이며 한숨을 쉬었다.

　'혈기 왕성한 동무들아, 우린 우리가 잘 모르는 자들이 갈라놓은 철조망 속에 갇혀 서로 싸워서는 한갓 꼭두각시가 될 뿐일 것만 같아. 그 많은 아이들이 지옥 훈련을 받다가 비참하게 죽어 간 건 결국엔 동족 간의 싸움을 그치고 평화를 이루는 데 바쳐져야 하지 않을까? 우린 작은 씨앗이야. 윗동네에서 지옥 훈련을 받는 청소년들도 그렇고 우린 분단과 전쟁을 넘어 결국엔 민족 통일의 씨앗이 되어야 조그마한 생명의 의미라도 갖지 않을까 싶어.'

　청운은 배낭에서 꺼낸 붕대로 그들의 코를 막아 주고 손가락을 싸매 주면서 생각했다.

8.
개호주의 유인술

어둠이 내리자 그들은 비트에서 기어 나와 다시 험한 산을 타기 시작했다.

길이 나지 않은 미지의 숲을 헤쳐 나가야 했기 때문에 많은 시간이 걸렸다. 목숨을 건 행군이기에 셋은 좀 전의 싸움 따윈 깡그리 잊고 정신을 집중해 허덕허덕 목표지점으로 근접해 갔다. 그들의 임무는 정체가 명확하지 않은 북한 군사 시설물 등에 대한 정보수집이었지만, 항공사진엔 전혀 나타나지 않은 지하 시설이나 은폐된 천연동굴에 대한 파악도 추가돼 있었기에 조금이라도 이상해 보이면 멈춰 살펴보곤 했다.

새벽녘에야 그들은 목표지점이라고 짐작되는 산등성이에 도착했다. 잠시 숨을 돌리려는 찰나 가까이서 쾅쾅 포탄 터지는 듯한 소리가 울려왔다. 셋은 땅강아지처럼 납작 엎드렸다.

"괜찮아?"

"응."

"뭐지?"

청운은 좀 더 위쪽으로 기어 올라갔다. 별다른 이상이 없자 둘도 조심스레 따라왔다. 그 순간 다시 포탄 터지는 듯한 굉음이 울렸다. 땅속의 진동까지 느껴질 정도였다. 셋은 다시 낙엽 속에 머리를 박았다. 청운이 먼저 눈을 들어 산자락을 살폈다. 어슴푸레한 속에 뭔가 움직이는 것이 보였다. 서서 걷는 개미 같은……. 청운은 망원경을 꺼내 눈에 바짝 갖다 댔다. 그것은 사람이었다. 벌레나 외계인 같기도 했지만 여명이 점점 밝아올수록 남한의 농촌이나 공사판에서 늘 보던 노동자와 별반 다르지 않다는 것을 알 수 있었다. 그들은 아마 산 중턱 어딘가에 발파 작업을 하고 있는 모양이었다.

"뭘까?"

"혹시 땅굴을 파는 게 아닐까."

"멍청하긴. 저기서 왜 땅굴을 파겠냐. 두더지 새끼들도 아니고 말이야."

"땅굴을 꼭 서울 쪽으로만 파야 한다는 무슨 헌법이나 법률이 있냐? 핵실험을 하기 위한 기지를 짓고 있을 수도 있잖아."

"뭐? 그 정도로 대단해 보이진 않는데……."

"원래 큰 야망일수록 사소한 척 숨기는 법이지. 훤한 대낮 놔두고 왜 어스름 속에서 저러고 있을까 싶잖아?"

"뭔가 수상하니까 우릴 보냈겠지 뭐."

"그럼 어떡하지?"

셋은 소리를 숙여 속삭였다. 잠시 후 조장인 스라소니가 말했다.

"일단 청운이 넌 전경 스케치부터 해. 어차피 사진촬영은 날이 밝을 때 좀 더 근접해서 해야 할 테니까, 우린 비트부터 파자."

"알았어."

청운은 배낭에서 카메라를 꺼내 목에 걸고 손엔 연필과 수첩을 든 채 큰 소나무 아래 자리를 잡았다. 그것은 어릴 때 엄마가 사서 예쁘게 깎아 주던 향나무 냄새 은은한 그 연필이 아니었다. 글자가 흐릿할 때면 침을 살짝 묻혀 쓰면 엄마의 속눈썹처럼 살짝 짙어지던 그 연필이 아니라 미국제 고급 샤프펜슬이었다.

처음에 청운은 '초등학교 교실에서 공부하는 것도 아니고 험악한 곳으로 가는데, 왜 좋은 필기구를 놔두고 굳이 약하고 부러지기 쉬운 연필을 사용할까?' 하고 궁금했다. 교관은 '야전에선 단순한 게 가장 좋다. 연필은 보기보단 상당히 이지적이고 이성적이다. 차가운 북풍이 분다고 얼어붙지 않고 따스한 남풍이 분다고 풀어져 번지지도 않는다. 북극의 차가운 물속에 빠져도 얼지 않고, 뜨거운 사막에서도 말라 버리지 않는다. 즉, 악조건에서도 쓸 수가 있고 읽을 수도 있는 건 현재로선 연필이 최고다.'라고 설명했다.

청운은 샤프펜슬로 구도를 잡아 나갔다. 그 스케치는 멋진 풍경화나

소년 비밀요원과 공동경비구역

수채화를 그리는 데 목적이 있는 게 아니라 군사적인 필요가 중요하기 때문에 명료한 선과 점을 사용해 사실적으로 그려 나갔다. 전문 화가는 아니지만 그래도 제법 묘사력이 괜찮았다. 그는 멀리 보이는 산마을 풍경도 그렸다. 아슴푸레한 대로 마치 어릴 때 잃어버린 고향이라도 회상하는 듯 징성을 들였다.

불현듯 호루라기 소리가 들려왔다. 청운은 급히 엎드린 채 동향을 살폈다. 흐릿하게 비치던 인공조명이 슥 꺼졌다. 폭파음도 드릴 소리도 더 이상 들리지 않았다. 사람 목소리는 원래부터 들려오지 않았으므로 이젠 찬바람에 휩쓸리는 낙엽 소리만 귓가를 스칠 뿐 적막강산이었다. 얼마 후엔 개미만 한 사람들마저 어디론가 사라져 버리고 야릇한 정적만 감돌았다.

청운은 즉시 구덩이를 파고 있는 동료들에게로 갔다.

"왜?"

스라소니가 고개를 들고 물었다.

"사람들이 모두 어디론가 사라졌어. 무슨 일일까?"

"아침밥 먹으러 간 것 아닐까. 먹어야 일도 할 테니까."

개호주가 삽질을 계속하면서 말했다. 스라소니는 훌쩍 뛰어 구덩이 밖으로 올라섰다. 그리고 마치 사냥하려는 사자처럼 상체를 잔뜩 낮춘 채 청운을 앞서 나갔다. 잠시 후 그는 뱀처럼 배를 땅에 대곤 수풀 속을 기어 전망이 좋은 지점에 자리 잡았다. 스라소니는 숨도 쉬지 않고 산기슭 쪽을 내려다보았다.

"음, 비 내리기 전에 개미 떼가 사라진 듯 조용하군. 단순히 밥 먹고 쉬러 간 걸까, 아니면 야간작업을 마치고 잠적한 걸까?"

"으스스하군. 하지만 어차피 밤에 촬영할 순 없으니까 지금 기회를 보는 게 좋을 것 같아."

청운이 대꾸했다.

"갈등 생기는군. 위장술법인지도 모르고……."

"어쨌든 빨리 선택해야 돼. 저들이 다시 나오면 최소한 저녁때까진 기다려야 할 테니까."

"점심때도 있고 하니 좀 더 상황을 지켜보면서 경우의 수를 계산한 후에 땅거미가 내릴 무렵 선택하면 어떨까?"

"기회가 아까워서 그래. 우선 내가 한번 접근해 볼게."

"까딱 잘못해 발각되면 모두 죽어. 너무 근접하지 말고 슬쩍 정찰하곤 급히 돌아오라구."

"응, 알았어."

청운은 대꾸하곤 수풀 속을 기어 내려갔다. 새벽이슬이 목줄기에 닿아 선뜻한 느낌을 주었다. 아래쪽으로 내려갈수록 나무숲은 점점 옅어졌다. 청운은 큰 바위 뒤에 숨은 채 아래쪽을 찬찬히 살폈다.

'음, 여전히 쥐 죽은 듯 조용하군. 그런데 저건?'

위쪽에선 보이지 않았지만 청운은 옆으로 슬쩍 에돌아 내려갔기 때문에 산기슭에 바짝 붙여 지은 막사를 포착할 수가 있었다. 2개의 장승 같은 것이 조금씩 움직이는 듯해 망원경으로 보았더니 총을 어깨에

소년 비밀요원과 공동경비구역

건 두 명의 보초병이었다.

'저 막사 안에서 지금 밥을 먹거나 쉬고 있겠군. 그런데 민간인들이 일하는 작업장에 군바리가 지킨다니. 혹시 죄인들이 강제노동을 하고 있는 상황은 아닐까? 그러고 보니 노동자들 중에서도 몇 명 외엔 다 괴로운 표정이었던 것 같아.'

청운은 상의 주머니에서 수첩과 샤프펜슬을 꺼내 스케치한 후 좀 더 비스듬히 내려가 보았다. 도대체 무슨 공사를 하고 있는지 조금이라도 보이길 바라면서. 하지만 황토 흙이 드러난 작업장 터엔 목재와 돌더미만 쌓여 있을 뿐이었다. 작업 목표와 진행 상황을 보려면 더 내려가야 했지만 아래쪽엔 벌목이 돼 버려 몸을 숨길 데가 없었다.

청운은 수동 카메라로 몇 장면을 찍곤 곧 미련 없이 발길을 돌렸다. 혼자서 너무 지체해서는 안 되겠다는 자각이 들었기 때문이었다.

"어때?"

스라소니가 물었다.

"보초가 지키고 있어. 최소한 두 명. 설령 노동자들이 아침까지 안 나오더라도 그들이 문제야."

"그럼 저녁때까지 기다릴 필요도 없는 것 아냐?"

개호주가 반문했다.

"아마 비슷한 상황이겠지."

"흠, 어떡하지. 조금 있으면 해가 떠올라 버릴 텐데. 과연 저 여명의 빛이 좋을까, 아니면 나중에 석양빛을 이용하는 게 더 나을까?"

스라소니가 심란한 표정으로 중얼거렸다. 적진 침투 때 보초가 교대할 무렵의 어스름 녘을 이용하는 건 착시현상으로 인한 일시적인 눈의 혼돈 때문이란 조교의 언질이 있었지만 지금은 그런 상황도 아니었다. 스라소니는 미간을 잔뜩 찌푸린 채 손가락 관절을 하나씩 눌러 딱딱 소리를 연이어 내더니, 다른 사람이 의견을 밝히기도 전에 스스로 말을 꺼냈다.

"어차피 우린 내일 자정에 아군과 접선하기로 돼 있으니 여기서 하루를 지내며 상황을 확실히 살피자. 괜히 서둘렀다가 참변이라도 당하면 무척 후회될 테니까."

별다른 대안이 없었기 때문에 그러기로 했다. 셋은 비트 속에 은신한 채 어떤 방법이 적절할지 의논을 하는 한편 수시로 한 명씩 교대로 나가 아래쪽의 상황이 어떻게 변하는지 망을 보았다. 청운은 다시 아까 그 바위 뒤에 엎드려 전경을 살폈다. 그러다가 심심하면 이름 모를 하얀 풀꽃을 스케치하기도 했다.

이튿날, 먼 산등성이 위로 아침 해가 서서히 떠오르며 산야에 빛을 뿌리기 시작했다.

'같은 것이라도 상황에 따라 다르게 느껴진다더만 햇빛도 그렇군. 어쩐지 군사분계선의 남쪽과는 다른 느낌이야. 여기가 조선민주주의인민공화국 땅이라서 그런가? 조선이란 '아침의 신선한 빛'이라고 검정고시 책인가 어디서 본 것 같은데. 그리고 한국도 사실은 '환한 하나의 나라'라는 뜻이라던데……'

그 때였다. 보이지 않는 곳으로부터 일꾼들이 몰려나와 다시 작업에 착수하고 있었다. 좀 더 지켜보던 청운은 급히 아지트로 되돌아갔다.

"어때?"

"다시 일개미들이 나오고 있어."

"잠도 안 자고 작업만 한다구? 그럼 혹시 여긴 강제노동수용소일까?"

스라소니가 생각에 잠겨 중얼거렸다.

"교대로 일할 수도 있지 뭘."

개호주가 대꾸했다.

"그런 기미가 없었잖아."

"하나의 막사 속에서 작업조와 휴식조가 계속 돌고 돌 수도 있겠지."

"그럼 강제노동하는 것을 보고 오라고 우릴 보냈다는 거야? 씨팔!"

"흐흐, 노동의 목적이 중요하겠지."

"씨팔! 그걸 알아내기 위해 이 고생을 하고 있는 거잖아."

스라소니가 씹어뱉었다.

"그래, 니 말대로 기회를 최대한 살려 대가릴 굴려 보다가 저녁노을이 질 무렵에 결행하자구. 하지만 다른 방법도 없진 않지."

"그게 뭔데?"

"눈높이를 현실에 맞추고 대충 가능한 장면만 찍어 가는 거야. 우리가 무슨 대단히 위대한 일을 한답시구 굳이 위험을 무릅쓸 필요가 있을까?"

"그래도 임무는 임문데……. 어떡해서라도 목표 장면을 찍어 가야지."

청운이 한마디 했다.

"그렇다면 평범한 방식으론 안 돼. 양동작전이라도 펼쳐야 작은 가능성이나마 있을 거야."

개호주가 속삭였다.

"양동작전?"

스라소니가 반문했다.

"그래. 한 방향으로만 내려가는 건 오히려 더 위험해. 그러니 세 방향에서 접근해 경우의 수를 늘리자는 얘기지. 희생양이 필요할지도 몰라."

"뭐?"

"놀라긴……."

개호주는 스라소니의 눈을 가만히 노려보았다.

"쓸데없는 개소리 말고 구체적으로 얘기해!"

스라소니가 잡쳐 댔다.

"희생양이라고 꼭 죽는다는 법은 없으니까 편하게 들어 봐."

"됐어. 어차피 목숨 걸고 올라왔는데 뭔 사설이 그리 길어. 그래서?"

"흠, 교관님께서도 우리 셋이 일심동체가 되어 하나의 임무를 완수하면 성공이라 하셨지. 흐흐, 그러니 나라고 하는 이기적인 존재를 버리고 조국을 위해……."

"야, 지겨운 개소리 그만 지껄이고 제발 요점만 좀 말해."

"음, 죽을지도 모르는데 서둘 필욘 없잖아. 우선 목표지점을 향해 곧장 내려가려고 애쓰기 보단 좌우로 슬쩍 돌아 멀찍이서 양 날개를 편 형국으로 두 사람이 각각 접근하는 거야. 그리고 나머지 한 사람은 산을 저쪽으로 쭉 에돌아가 다시 목표물을 향해 접근하되, 만일 발각될 경우엔 숨기보다는 오히려 천천히 걸어 내려가서 항복하는 척 저들의 주목을 끌고 시간을 지체시켜야 해. 미친놈처럼 요란스럽게 쑈를 해야 한단 말이야."

"누가 그 배역을 맡아?"

스라소니가 개호주의 눈을 쳐다보며 물었다.

"어차피 위험은 비슷해. 또 우린 운명공동체고. 자원을 하든 제비를 뽑든 정해야겠지."

개호주는 빙긋 웃으며 대꾸했다.

"그럼 제안을 한 네가 맡으면 어때? 적격일 것 같은데."

개호주는 입을 꾹 다문 채 침묵을 지켰다.

위험은 비슷하다지만, 그 역할을 맡았다가 만일 적의 수중에 잡히는 몸이 된다면 그의 삶은 큰 위기에 처하게 될 터였다. 인민무력부의 정보기관이나 정치보위부에 끌려가 극심한 고문을 받다가 죽을 수도 있었다. 설령 반병신이 돼 살아남는다 하더라도 아오지 강제수용소에 갇혀 신음하며, 평생 남쪽의 조국과 아지랑이 피는 고향으로 돌아가지 못할 것이었다. 그러므로 교육 훈련 시간에 교관은 애써 강조했는지도 모른다.

'적의 포로가 되는 순간 여러분은 하나의 인간이 아니라 동물보다 못한 취급을 당하게 됨을 명심하라. 그들 자신이 야수보다 더 잔혹하다. 달콤한 꾐수에 빠져 넘어가고 싶겠지만, 그 흡혈귀들은 여러분의 뇌수에서 정보를 빨아먹은 다음에 작두로 온몸을 썰어 버린다. 빨갱이 야수들은 누구든 배반자를 가장 증오하기 때문이다. 그렇기에 일단 유사시엔 지체 없이 독약 앰플을 깨물고 동백꽃처럼 붉은 단심을 품은 채 산화하는 것이 최선의 선택이다.'

아무도 말이 없었다. 생명을 건 선택의 문에서 벗어나기가 힘든 모양이었다.

"그럼 제비뽑길 하지. 아냐, 그냥 가위바위보로 정하면 되겠네."

청운이 입을 열었다. 그러자 개호주가 말했다.

"아냐, 역시 먼저 제안한 내가 미치광이 배우 역을 맡는 게 낫겠어. 하지만 상황에 따라서는…… 양 날개를 맡은 너희들 중에서 누가 나서야 할 수도 있어. 내가 꼬리 부분이지만 만일의 경우엔 휙 돌아서 부리가 되어 목표물을 찍을 수도 있단 말이지. 아무튼 상황을 끝까지 주시하되, 불가피하게 위장 할복을 해야만 할 땐 우선 카메라 같은 건 풀숲에 던져 숨겨 버려야 해."

"물론 그래야겠지."

스라소니가 진지한 어조로 동의했다.

"점심때까지 내가 망보고 있을 테니까 먼저들 좀 자 둬."

청운은 말한 후 아지트를 벗어나 바위틈에 가서 엎드렸다. 머리 위에서 이름 모를 새들이 청아한 목청으로 인간 세상을 비웃는 듯 지저귀었다.

산중이라 땅거미가 일찍 내렸다. 서녘 하늘엔 노을이 붉게 물들어 있었다.

세 사람은 마지막으로 남은 음식을 먹고 난 후 꼭 필요한 물건만 챙겨 지니곤 비트 밖으로 나섰다. 그러고는 수풀 속에 바짝 엎드렸다. 노동자들은 여전히 꾸물꾸물 일개미처럼 움직이며 작업을 하고 있었다.

"쓰벌, 한 시간 내로 임무를 마쳐야만 자정까지 약속된 접선 장소에 도착할 수 있을 텐데. 접선 시간을 못 지키면 우린 대동강 오리 알 신세가 되는 거야. 며칠 후 겨우 살아 돌아간다 하더라도 이중 스파이 혐의를 받게 되니까 서둘러야 해. 저 석양빛이 조금이라도 남아 있을 때 사진을 찍지 못하면 말짱 꽝이잖냐 말이야."

스라소니가 성마른 목소리로 씨부렁거렸다.

"일단 흩어져 각자의 목표지점으로 한 발짝이라도 더 가까이 가서 기다리자구."

개호주가 제안했다.

"그게 낫겠군. 그럼……."

셋은 손을 포개 잡고 눈빛을 한번 교환한 뒤 급히 움직여 나갔다.

스라소니는 왼쪽 산기슭을 향해 내려가고 청운과 개호주는 오른쪽으로 에돌아 내렸다. 중턱쯤에서 헤어질 때 개호주가 청운의 어깨를 슬쩍 두드리곤 미소 지었다.

"잘 가. 다시 볼 수 있으려나……."

"무슨 소리야. 사진 한 장만 찍고 올 텐데. 절대로 먼저 내려가서 그 미치광이 역할을 하지 마. 살면 같이 살고 죽을 땐 같이 죽으면 되지 뭘."

청운이 싱긋 웃으며 개호주의 미소에 대답을 했다.

"알았어. 그럼……."

"좀 이따 봐."

청운은 수풀을 헤치며 길도 없는 산을 타 내렸다. 바로 그 때 호루라기 소리가 산새들의 지저귐을 중단시키며 날카롭게 울려 퍼졌다. 청운은 깜짝 놀라 멈춰 섰다. 상체를 웅크린 채 아래쪽을 살폈다. 노동자 무리가 하던 일을 놓더니 차츰 사라져 갔다. 아마도 일부만 보이는 목조 막사 안으로 들어가는 모양이었다. 보초병 두 명은 계속 남아 있었다.

'빛이 사라져 버리면 사진을 아무리 잘 찍더라도 아무 소용이 없어. 암실에서 빛의 소망을 건져 낼 수가 없다구. 빨리 가자!'

청운은 속으로 중얼거렸다. 하지만 총을 든 보초의 눈치를 살펴야 하기에 마음만 다급할 뿐 그의 동작은 생쥐만큼 조심스럽기만 했다. 청운은 기회를 보아 한 발짝씩 기어 내려갔다. 초조한 표정으로 빛이 점차 사라지는 하늘을 쳐다보곤 했다.

소년 비밀요원과 공동경비구역

'아, 흉한 도깨비굴보다 저 고운 노을을 찍을 수 있다면 얼마나 좋을까! 나라가 두 동강 나는 바람에 우린 무엇을 보든 뭣을 하든 늘 반 토막 앞에 멈춰 서서 이리도 안타까워해야만 하는가? 도대체 쟤들은 나무로 만든 인형인지, 쇠토막으로 만든 로봇인지 모르겠군. 1분 동안만이라도 노을을 쳐다보며 시간을 잊으면 좋으련만······.'

청운은 불만스러운 듯 중얼거렸다. 그 때 막사 쪽에서 한 명의 노동자가 나오더니 보초들에게로 다가갔다. 들리진 않았으나 그들은 무슨 얘길 나누고 있었다. 청운은 그 틈을 타고 급히 아래로 미끄러져 내려가 쌓아 둔 통나무 더미 밑에 엎드렸다. 막사 전면이 바로 보였다. 벌집이나 개미굴처럼 사람들이 우글우글했다. 목표인 작업장 자체는 아직 반쯤밖에 보이지 않았다. 바위투성이의 산기슭에 동굴을 뚫어 어떤 구조물을 짓는 모양이었다. 청운은 카메라를 들고 렌즈를 피사체에 맞추기 시작했다. 초조감 때문에 손이 덜덜 떨렸다.

'사진을 찍을 땐 아무리 급해도 서둘러선 안 된다. 급할수록 돌아서 가라는 속담을 명심하라. 잘못 찍힌 사진은 혼란만 줄 뿐이다. 무심한 심정으로 오직 카메라와 일심동체가 되어 피사체의 실상에 접근해서 셔터를 누를 때 가치 있는 한 장면이 사실대로 포착되는 것이다.'

문득 촬영 전문 조교의 말이 떠올랐다. 그는 심호흡을 해 진정하려고 애쓰며 셔터를 눌렀다.

'어쨌든 이제 됐어. 여기서 빠져나가기만 하면 돼. 흐흐, 스라소니도 나름대로 뭔가 잘 찍고 있겠지. 조용한 걸 보니 개호주 녀석도 별일 없

는 모양이구 말이야.'

그때 목조 막사 입구에서 다시 일꾼들이 나오기 시작했다. 청운은 그 장면까지 찍은 다음 카메라를 급히 배낭 속에 넣은 후 산 쪽으로 한 발짝 뛰었다. 그 순간 발치에 뭔가 걸리더니 갑자기 통나무 하나가 빠져나와 굴렀다. 이어 통나무는 제 몸을 톱으로 자른 인간이란 괴물을 고발이라도 하려는 듯 우르르 소리를 내며 잇달아 굴러 내렸다.

보초병과 일꾼들의 눈이 이쪽으로 향하고 있었다. 청운은 털가죽의 일부가 벗겨진 산토끼처럼 절망을 느끼며 파르르 떨었다. 산의 수풀은 너무 멀어 보이고 뒷걸음질 쳐 웅크리기엔 이미 늦었다.

'나는 이제 죽는 건가?'

청운은 속으로 중얼거렸다.

그때 저 멀리서 손뼉 치는 소리와 함께 별안간 〈각설이 타령〉이 들려왔다.

작년에 왔던 각설이
죽지도 않고 또 왔네.
아리랑 고개를 넘어 님 찾아왔네…….

사람들의 눈이 일순 그쪽으로 집중되었다. 개호주가 유인전술을 쓰고 있는 모양이었다. 아마 망원경으로 상황을 주시하다가 청운의 위기를 간파하곤 급히 나섰을 터였다. 청운은 그 틈을 노려 상체를 잔뜩 숙인 채 산기슭을 기어올라 수풀 속으로 몸을 숨겼다. 심장이 벌떡벌떡 뛰었다. 청운은 심호흡을 하며 아래쪽을 내려다보았다. 보초 하나와 대부분의 일꾼들은 괴상스런 소리가 나는 쪽으로 걸어가고, 다른 보초 하나가 총을 든 채 몇 사람을 데리고 통나무 더미 쪽으로 다가왔다. 개호주가 사람들에게 둘러싸이는 광경을 보던 청운은 곧장 산을 타 올랐다. 착잡한 심정을 삭이기가 힘들었다. 개호주의 앞날은 과연 어찌 되는지 걱정스러웠다. 산 중턱을 오르는데 부엉이 소리가 났다. 청운은 그쪽을 향해 갔다. 스라소니가 먼저 와서 기다리고 있었다.

"좀 찍었냐?"

"별로."

"난 한 컷 하긴 했는데 어스름해서 어떨지 모르겠다."

"개호주는 어떻게 될까?"

"너무 걱정하지 마. 어차피 지 갈 데로 간 것일 테니까."

"뭐?"

"그 자식, 겉은 푸르딩딩해도 속아지엔 뻘겡이가 들어앉은 수박 같은 놈이라니까. 이번 기회를 이용해서 북괴에 귀순한 게 분명해."

스라소니가 냉정하게 내뱉었다.

"뭔 소리야? 전방지대도 아닌 이런 곳에서 귀순한다고 하면 믿어 줄 것 같아? 고문을 당해 죽고 말 거야."

청운이 반발했다.

"얌마, 개소린 그만두고 어서 이곳을 벗어나자. 아마 그놈은 우리와 함께 북파됐다가 자기만 귀순했다고 뻥을 깔 게 분명해."

"좀 다혈질이긴 해도 그럴 성격은 아냐."

"아무튼 경계령이 내리기 전에 이곳에서 조금이라도 더 멀리 가야만 해. 빨리!"

스라소니는 먼저 발을 옮기며 재촉했다. 청운은 몇 번이나 뒤돌아보면서 떨어지지 않는 걸음을 떼었다.

9.
삼팔선만 넘으면 성공하는 거야

어둠이 점점 짙어졌다.

깊은 산중 어디선가 늑대와 여우의 울음소리가 들려오기도 했다. 먼 곳인 듯싶기도 하다가 문득 가까운 데서 짖어 대는 것이었다. 하지만 그들은 그걸 두려워하진 않았다. 만약 눈앞에 나타나면 잡아서 구워 먹고 싶을 만큼 배가 고플 따름이었다. 둘은 쉬지 않고 걸었다. 아군 안내조와 약속된 시간에 맞춰야 하기도 했지만, 스라소니는 지나치게 서둘러 대고 있었다. 그는 개호주가 귀순하여 북파 정보를 흘렸을 게 분명하기 때문에 이미 북한군 수색대가 추격해 오고 있으리라 믿었다. 청운은 그 정도로 각박한 심정은 아니었지만 추격 가능성은 충분하다고 생각하며 발길을 재촉했다.

"스라소니 형, 죽을까 봐 잔뜩 겁먹은 모양이네. 죽는 것보다 잔혹한 폭력이 더 두려울 수도 있는데. 그래서 어린아이들이 스스로 제 목숨을 끊기도 했잖아, 선감학원에서 말이야."

"개소리 집어치워! 그딴 소릴 왜 여기서 해? 그리고 임마, 말을 하려면 니 생각대로 내뱉지 말고 사실대로 똑바로 하라구!"

"뭘 그리 화를 내고 그래?"

"니가 지금 화를 돋구잖아, 임마! 내가 죽는 게 무서워서 서두른다구? 인생의 풋내기 같은 자식, 만일 여기서 우리가 붙잡히거나 죽는다면 너와 나뿐만 아니라 우리 국가의 미래도 무의미해져 버리는 거야. 난 내 목숨이 아니라 이 카메라 속의 사진 때문에 생존 귀환해야만 해!"

"대체 국가란 뭘까?"

"새끼, 돌았냐? 국가는 그냥 국가고 우리 대한민국일 뿐이지, 뭔 딴 국가가 있겠어."

"형, 하지만 국가도 사람이 만들어서 사람이 움직이는 것 아니야?"

"당연한 소릴 하고 자빠졌네."

"좋은 나라도 있고 나쁜 나라도 있을 것 아냐?"

"그래서 나쁜 나라는 뒤집어엎어서 새로 만들어야 한다는 얘기냐, 응?"

"아니, 뭐……."

"야, 사람이나 동물이나 모두 장단점이 있지 않냐. 너도 그렇고 나도 마찬가지고. 그건 자연스런 특성이라고 봐. 돼지를 개로 바꿀 수 없듯

너를 나로 만들 수도 없어. 단점을 장점으로 싹 바꾸면 좋겠지만 그건 살아 펄떡거리는 고등어를 반 토막으로 자르는 것이나 같지 않을까 싶어. 단점뿐만 아니라 장점까지도 그 생명과 함께 모두 잃어버리는 꼴이란 말이야. 하나의 국가도 마찬가지라고 봐. 수많은 국민이 모여 함께 사는 나라를 우파와 좌파가 지들 욕심대로 바꾸려 한다면 참새나 까치처럼 훨훨 날지도 못하고 망해 버릴 테니까."

"바꿀 수 있는 건 하나씩 바꾸는 게 옳아. 난 한꺼번에 뒤집어엎는 혁명이나 쿠데타를 하자고 주장하진 않았으니 오해하진 말라구. 몸을 칼로 싹둑 잘라내 버리자는 게 아니라, 나쁜 종기를 수술해 약을 바르거나 침술이나 뜸을 활용하면 썩은 살이 사라지고 새살이 차오른다는 얘기일 뿐이야."

"어디서 얻어 들은 소릴 앵무새처럼 뇌까리고 앉았네. 말은 제법 그럴듯하지만 현실에서는 전혀 씨알이 먹히지 않는다니까 자꾸 우기는군. 얌마, 저 산새가 졸다가 지저귀고, 폭포수가 떨어져 내려 저렇게 흘러 내려가고, 사자가 사슴을 잡아먹듯이 우린 그냥 살아가면 되는 거야. 네가 애쓰지 않더라도 언젠가 바뀔 건 자연히 바뀌게 되어 있걸랑."

스라소니가 발걸음을 재촉하면서 빈정거렸다.

"흐흐, 그래서 선감도에서 그런 짓을 했던 거야? 어린애가 웃는다고 구정물이 가득 찬 드럼통 속에 집어넣어 놓고 허푸허푸 버둥거리며 머릴 내밀 때마다 몽둥이로 그 대가리를 두드려 패서 피범벅으로 만들었냔 말이야?"

청운은 옛 추억 속에 떠오른 일곱 살짜리 어린아이의 피투성이 얼굴과 그 후의 정신병 그리고 비참한 죽음을 생각하면서 치를 떨었다.

"넌 잘 모를 거야. 그곳에도 온갖 종류 잡동사니들의 삶이 있었고, 그들을 통제하기 위해서는 규율이 필요했어. 군대나 선감학원 같은 특수한 곳에선 건전한 대다수를 위해 몇몇 불량배 따윈 처벌할 수가 있다구. 너도 나도 나 피해자지만 욕만 할 수도 없는 거야."

"그건 살인이었어."

"미친 소리 작작 해! 어떤 특별한 상황에서 정해진 규칙은 준수되어야만 해. 나도 좋아서 그런 것만은 아니야. 꼴통 새끼들을 제대로 다루지 못하면 내가 몇 배나 더 얻어터지니깐 말이야."

"왕거미란 자는 찢어 죽이고 싶어."

청운은 이를 으드득 갈며 씹어뱉었다.

"옛날 일에 흥분하면 뭣 하겠냐. 깨끗이 잊고 앞으로 잘살아 볼 생각이나 하자구."

스라소니가 달래듯 말했다.

"평생 못 잊을 거야."

"그럼 한 시간 동안만 휴전협정을 맺고……. 어서 빨리 우리 땅까지 귀환한 후에 가서 보자구. 적군의 추격이 점점 가까워져 오는 기분이야."

스라소니는 불안감과 신경질이 뒤섞인 목소리로 다그쳤다. 그는 사냥감을 물고 자기 굴로 돌아가는 스라소니 같지가 않고 허둥대는 쥐새끼처럼 보였다. 하지만 그는 여전히 자기의 직감을 믿고 있었다. 길은 자꾸 어긋나 가파른 절벽이나 위험한 계곡으로 들어서 주춤거렸지만, 그는 나침반이 고장 난 모양이라고 우기면서 계속 걸어 나갔다.

'참으로 제멋대로군. 어쨌든 선감학원에서 반장까지 지낸 선배님이시라 조금쯤은 믿는 구석이 있었건만 알고 보니 완전 깡통이로군.'

청운은 속으로 비웃으면서도 어디까지 어떻게 가는지 한번 보자는 심정으로 묵묵히 따라 걸었다. 그리고 사실 컴컴한 어둠 속에서 어디가 어딘지 분간하기 어려운 건 누구나 마찬가지였다. 그래도 자기만의 육감이나 신념 또는 생각에 따르기보다 잠시 멈춰 나침반을 보며 서로 의견을 나눴다면 더 나은 길로 가지 않았을까?

그들이 밤길을 헤맨 끝에 이윽고 북쪽의 철책선 앞에 닿았을 땐 예상보다 시간이 많이 지나 있었다.

"임마, 결국엔 여기까지 잘 왔잖아. 이제 삼팔선만 넘으면 성공하는 거야. 하하핫."

스라소니가 속삭였다.

"이제부터가 더 문제야. 오히려 더 위험할 수 있다는 걸 알면서 그래."

"그래도 눈앞에 조국이 보이잖아, 임마."

청운은 대꾸 없이 힘겹게 내려온 북녘 길을 되돌아보았다. 그리고 다시 눈길을 돌려 앞으로 거쳐 내야 할 먼 험로를 바라보았다. 아득한 어둠만 보일 뿐이었다. 우선 철조망을 통과해 기나긴 비무장지대를 지나야만 한다. 살아 돌아가야 할 책임의 무게가, 침투할 당시의 죽음을 각오하며 견뎌 내던 그 아득한 무게보다 더 육중해진 느낌이었다.

청운은 배낭에서 특수 절단기를 꺼내 굳은 철조망을 자르기 시작했다. 올 때 뚫어 놓은 구멍이 어느 지점쯤에 있는지 찾기도 어려웠겠지만 만일의 경우를 대비해 일부러 방향을 멀찍이 바꾼 셈이었다. 그동안 만큼은 담력이 더 강한 스라소니가 오히려 초조해 하고 있었다. 청운은 처음엔 좀 떨었지만 작업을 시작한 후엔 정신이 집중된 탓인지 의외로 대담해진 모습이었다. 억지로 특이한 체험을 찾아다니진 않지만, 주어진 체험은 제대로 겪어 내야만 조금이나마 성장할 수 있다고 그는 어린 거지가 된 이래로 늘 생각했던 것이다.

"됐어. 형, 빨리 나가."

"응."

스라소니는 배낭을 벗어 철조망 너머로 던지곤 몸을 잔뜩 움츠려 조심스레 기어 넘어갔다. 청운도 뒤따랐다.

이제 그들은 철조망에 갇힌 신세가 되었다. 철조망을 넘어왔으되 철조망에 갇힌 신세. 군사분계선을 기준점으로 해 남과 북으로 각각 2킬로미터씩 총 4킬로미터에 달하는 드넓은 비무장지대 속엔 사람 손을 타지 않은 희귀한 동식물들이 살고 있지만, 수많은 지뢰가 여기저기 묻혀 있어 자연의 생명이 기를 펴지 못한 채 늘 살육의 긴장만 감돌았다. 그건 한국인의 마음속에 그어진 선이며 위기감이기도 했다. 일상생활 속에서도 수시로 심장을 반 토막 내고 뇌수의 흐름을 분열시키는……

"가자! 덤벙대지 말고 잘 따라와."

스라소니가 말하곤 앞장을 섰다.

"형, 괜찮겠어? 내가 앞에 갈까?"

청운이 대꾸했다.

"짜식, 너에게 앞길을 맡기느니 차라리 내 인생 내가 책임지겠다. 지금부터 내 발짝을 잘 보고서 내 다리가 무사할 때만 걸음을 옮겨."

"너무 비장한 느낌이군."

"임마, 조장 말씀이니까 잘 새겨 두라구."

그들은 플래시를 꺼내 들었지만 아직 켜진 않은 채 어둠 속을 천천히 헤쳐 나갔다. 멀리서 두견새 울음소리가 들려왔다. 두 청년은 과거와 미래를 잊은 듯 긴장된 모습으로 한 발짝 한 발짝 어둠을 통과해 내고 있었다. 저 멀리 아군 초소의 불빛이 아득하게 보였다. 별빛이나 반딧불 같기도 했다.

"만약 통일이 되면 이곳은 어떻게 될까?"

문득 스라소니가 물었다.

"공장이나 농장이 들어서지 않을까?"

청운은 플래시로 땅바닥을 비추며 무심코 대답했다.

"아냐, 민족기념공원을 만들었으면 좋겠어. 통일탑을 하나 세워서 그곳에 우리 이름뿐만 아니라 죽어 간 무명 동료들의 외로운 이름도 새겨 넣고 말이야."

"형, 헛소리 말고 앞길이나 잘 봐."

"흐흐. 넌 지뢰가 겁나니? 난 한창 스릴을 즐기고 있는걸. 이건 정말 여자랑 자는 것하고는 비교할 수가 없어."

"개소리. 이건 형이 남한테 잘하던 욕인데…… 지금 내가 하고 싶군."

"아냐, 나를 버리게 되니까 너무 평온해. 물론 반강제적이긴 하지만 일단 나를 벗어나 보니, 쪼잔했던 작은 내가 무척 치졸하고 불쌍해 보여. 그런 갑갑한 틀 속에 갇혀 어찌 살았나 싶을 정도야. 앞으로는 나를 잊어버리고 조국과 민족을 위해 살아야겠어. 자, 힘내. 태극기를 떠올려 보며 신념을 가지라구."

바로 그 순간이었다. 폭음과 함께 스라소니의 몸이 중심을 잃곤 풀썩 쓰러졌다. 청운은 본능적으로 납작 엎드렸다. 몇 발짝 앞에서 스라소니의 신음 소리가 들려왔다. 죽어 가는 동물의 절규와도 같은 소리였다.

청운은 급히 그쪽으로 기어갔다. 왼쪽 무릎께가 시큰거렸지만 별로 신경 쓰지 않았다.

"형, 괜찮아?"

대답은 없고 고통에 겨운 발악뿐이었다. 청운은 플래시를 켜 비춰 보았다. 스라소니의 이마에서 흘러내리는 피가 얼굴 전체를 덮어 무슨 흡혈 귀신처럼 보였다.

"형, 정신 좀 차려 봐. 이대로 죽을래?"

청운이 재우쳤으나 스라소니는 이를 앙다문 채 겨우 고통을 씹어 삼키고 있는 성싶었다.

청운은 플래시를 그의 하체 쪽으로 비춰 보았다. 다리 전체가 피투성이였다. 그리고 검붉은 피가 계속 흘러나와 마른 땅을 적시고 있다. 지뢰를 밟아 한쪽 다리는 무릎 밑에서 사라져 버렸고 다른 쪽 다리도 파편에 맞았는지 반쯤 부러진 상태였다. 청운은 배낭에서 압박 붕대를 꺼내 허벅지에 감으면서 속삭였다.

"형, 조금만 참아. 살아서 조국으로 돌아가야만 되잖아. 이제 얼마 남지 않았어."

스라소니의 신음 소리가 갑자기 뚝 그쳤다. 문득 그가 말했다.

"너의 증오심으로 나를 죽이고 싶잖니? 지금 죽여 줘."

"무슨 소리야?"

"너무 괴로워서 그러니 끝내 달라구."

"선감도에서 저지른 악행 때문에 고통받다가 죽어 간 애들을 생각하면 좀 견디기 쉬울지도 몰라."

"뭐? 개자식! 그러니까 빨리 죽이면 그 애들의 복수가 될 것 아냐."

스라소니는 이를 바득바득 갈며 씩씩거렸다.

"아냐, 천천히 처절히 고통받으며 참회해야만 그 애들의 원한이 조금쯤 풀릴지 몰라. 내가 지금 형을 죽이면 그 애들의 원혼이 도리어 나를 욕할 수도 있어."

"악마 같은 놈!"

"그래, 이제 내가 형을 저 지옥 속으로 데려갈 거야. 악행을 저지르고도 참회하지 않고 뻔뻔스레 살다가 죽으면 흙 속에서 쾌락도 고통도 전혀 모르는 백골이 된다는 놈들을 위해…… 신께서 바로 이 땅에 특설 지옥을 만드셨는지도 모르지."

"개새끼, 넌 그럼 천당으로 가냐?"

"나도 함께 그곳으로 가니까 걱정 마. 자, 어서 업혀."

"집어치워! 너야말로 정신 차리고 임무를 수행해! 지금부터 조장으로서 명령한다……. 빨리 너 혼자 내려가라!"

"그럴 순 없어. 빨리 내 등에 상체부터 기대어 봐. 업히기만 하면 곧장 내려갈 수 있어."

"아냐, 난 이미 병신이 돼 버렸어. 눈 한쪽이 터지고 다리도 없는 몸이야. 그러니 너라도 어서 가."

"형을 남겨 둔 채 나 혼자 갈 순 없어."

"우리가 함께 가면…… 지뢰를 밟을 위험이 두 배 이상 늘어난다. 그리고…… 약속 시간에 도착하지 못하기 때문에…… 또 다른 위험 속에 놓이게 된다."

스라소니는 헐떡거리다가 겨우 말을 이었다.

"이런 상황에서 만약 입장이 바뀌었다면…… 난 아마 너를 즉시 죽이고 갔을 거야. 왜냐하면…… 목표가 더 중요하니까. 우리가 임무를 완수하지 못하면…… 함께 훈련받다가 죽어 간 그 수많은 동료들에게 죄를 짓는 거야. 그러니 어서 너 혼자 떠나라."

"안 돼. 그럴 수 없어."

청운은 무릎을 꿇은 채 스라소니의 오른팔을 잡아 자신의 어깨 위로 두른 후 천천히 일어섰다. 그러면서 반항하는 그를 추슬러 겨우 등에 업었다.

"동정하지 말고 그냥 제발 목숨을 끊어 줘. 난 이미 인간이 아니라 넝마 같은 꼴이야."

"말 잘했군. 내가 옛날에 넝마주이를 한 적이 있는데, 인간 넝마를 한번 주워 가 볼까? 고물상에 넘기면 몇 푼이나 받는지 모르지만……."

"개새끼!"

청운은 더 이상 대꾸하지 않고 발을 옮겼다. 갑자기 무릎 속에 강렬한 통증이 엉겨들었다. 지뢰의 파편이라도 맞은 모양이었다. 그래도 청운은 묵묵히 계속 움직여 나갔다. 한 발짝 비틀거릴 때마다 하늘과 땅이 뒤집어지는 느낌이었다.

'왜 이런 멍청한 짓을 하고 있는 걸까? 버리고 가라기에 이렇게 짊어지고 가는 것이지, 만일 살려 달라고 애걸복걸했다면 그냥 놔두고 갔을 거야. 내 심사도 참 고약하긴 하군. 진심은 과연 뭘까? 나도 곧 쓰러져 죽겠는데 왜 이런 애물단지 넝마를 업고 가는 거지? 선감도에서 겪은 일을 생각하면 이 자의 남은 한쪽 눈알도 파내고 팔다리를 자근자근 밟고 싶은데. 왜?'

등에 진 넝마가 점점 무거워졌다. 피가 계속 흘러 손을 적셨다. 그

핏방울이 모여 뚝뚝 땅바닥으로 떨어지는 소리가 들리는 성싶었다. 등에 닿은 몸의 체온이 왠지 차츰 떨어지는 느낌이 들었다. 청운은 소름이 돋았다.

"형, 괜찮아?"

말은 없이 거친 신음 소리만 흘러나왔다.

"형, 제발 정신 좀 차려 봐! 조금만 더 가면 살게 된단 말이야."

등짝은 점점 온기를 잃으며 차가워졌고, 스라소니의 입은 아무리 애를 써도 의미 잃은 괴성을 흘려 낼 뿐이었다. 저 멀리서 초소의 불빛인지 도깨비불인지 반딧불인지 모를 빛이 반짝거렸다. 늦가을의 스산한 밤바람에 쓸린 탓인지 불빛은 더 가냘프고 아득해 보였다.

청운은 일단 그 빛을 목표로 삼아 한 발짝 한 발짝 어렵사리 떼어 놓았다. 절망과 희망이 순간순간 교차하는 밤길이었다. 언제부턴가 멀리서 부엉이 울음과는 다른 소리가 나는 듯싶더니 점점 가까워졌다. 그건 개가 컹컹 짖어 대는 소리였다.

"차라리 피냄새 맡고 다가오는 늑대나 이리라면 좋을 텐데…… 개 뒤엔 항상 인간이 있으니 문제야."

청운은 뇌까리며 정신없이 서둘렀다. 하지만 아무리 특수 훈련을 받은 신체라도 한계는 있었다.

'무거운 모래주머니를 메고 바위산을 노루처럼 빠르게 뛰어다니던 그 동료들과 나…… 는 어디로 갔을까? 그때가 그립다기보다는 특이한 기적 같기만 해.'

청운은 그 시절을 떠올리며 힘을 내 보려 애썼지만 다리의 통증을 못 이겨 비틀거렸다. 개가 짖는 소리는 이제 그것이 풍산개인지 셰퍼드인지 진돗개인지 대충 분간될 정도로 가까워졌다. 개들의 헐떡거림 뒤에서 사람의 목소리가 들려왔다.

"간나 새끼들, 뛰어 봤자 간장 종지 안의 벼룩이구 도마 우에 놓인 붕어 신세야. 동무들 힘내라우. 간나 새끼들으 잡으면 영웅 전사가 될 테니끼니. 흐흐흐……."

청운은 죽은 셈치고 지뢰 천지인 DMZ를 헤쳐 왔지만 그 순간만큼은 죽음의 두려움이 심장을 움켜쥐는 듯싶었다. 아군 초소에서 반짝이는 불빛은 이제 눈앞인데 추격자들의 숨소리가 점점 가까워졌기 때문이었다. 하지만 뒤에서 총소리가 나는 순간 머릿속이 텅 비는 느낌이었다. 등에 업힌 스라소니가 짧은 비명을 내곤 축 늘어져 내렸다.

청운은 작별인사도 못한 채 시신을 놓아두고는 절뚝절뚝 뛰었다. 총소리가 또 들려왔다. 그는 발에 무엇이 걸린 듯 휘청거리더니 비탈을 굴러 떨어졌다.

하늘과 땅이 빙글빙글 돌아가는 듯한 극심한 현기증이 뇌를 휘감았다. 일어서야 한다고 생각했지만 죽어 가는 파리의 날개보다 못한 의식의 떨림뿐이었다.

'여기 이대로 누운 채 죽어야만 하는가? 아니야, 이렇게 억울하게 죽으면 안 돼! 일어나야만 해! 난 여기서 이대로 죽고 말 순 없어. 엄마, 어디 계세요. 저 좀 살려 줘요……! 박꽃 누나는 지금도 선감도에 살아 있을까……? 삐에로 형, 물속에서 숨 막혀 힘들었지. 내가 그래. 아…….'

다시는 못 볼 듯한 정다운 얼굴들이 주마등처럼 명멸해 갔다. 청운은 괴로움으로 몸부림쳤다. 이제 앞으로 나의 육신은 썩어 해체돼 이 세상에 영영 존재하지 않으리라.

지난 삶을 되돌아보자 한없이 서럽고 후회스러웠다.

'허위와 오만과 증오로 본래의 심성을 파괴한 죄를 너는 아느냐?'

지옥의 염라대왕이 내는 소리 같았다.

'삶이 이토록 속절없는 줄 알았더라면 불쌍한 사람들을 도와주고, 고통받는 사람들에게 따스한 한 마디 위로의 말을 건네어 주고…… 좋은 일을 했을 텐데…….'

몸속에 있던 영혼이 스르르 빠져나가 공중에서 자기 몸을 내려다보는 성싶었다.

'다시 저 몸속으로 들어갈 수 없다면 나는 지옥계를 떠돌게 되겠지. 안 돼! 아직은 저 지상에서 할 일이 많이 남아 있는걸.'

청운은 소리치고 싶었다. 그러나 입이 굳어서 떨어지질 않았다. 도저히 인정할 수 없는 상황이었지만 꿈속에서 가위눌리고 있는 듯 어쩔 도리가 없었다.

'아, 꿈이라면 얼마나 좋을까! 으아하, 이 악몽 같은 현실이 정녕 악몽이라면 기쁠 텐데……. 당장 깨어나야만 해!'

소년 비밀요원과 공동경비구역

꿈같기도 하고 꿈이 아닌 성싶기도 했다. 그의 눈가로 눈물이 흘러 내렸다. 자신의 시체를 향해 말하고 싶어도 전달되지 않는 안타까움이 눈물로 변했는지도 몰랐다.

청운의 영혼은 다시 육체 속으로 돌아가고 싶어 했다.

'아, 시간을 되돌려서라도 살아날 수만 있다면……'

만약 그렇게만 된다면 새로운 마음으로 지옥 같은 세상도 천국으로 여기며 살 수 있을 것 같았다.

'아, 꿈이라면……'

하지만 결코 꿈은 아니었다. 가혹한 운명의 길을 걸을 수밖에 없었 던 혼백은 삶에 대한 미련과 안타까움과 분노로 인해 이승과 저승의 교차로에서 방황하는 모양이었다.

청운의 몸은 죽은 듯 개울물 위에 떠 있었다. 나뭇가지를 겨우 붙잡 고 있던 손이 풀리자 그의 몸은 물결을 따라 천천히 둥둥 떠내려가기 시작했다.

희비애락의 감정을 전혀 느낄 수가 없는 성싶었다. 감정이 소진돼 버린 건지 감정을 느낄 능력이 고갈돼 버렸는지 몰랐다.

냇물이 구비쪄 흐르면서도 남쪽을 향하고 있었던 덕분에 청운의 시 체는 이튿날 새벽 아군에 의해 발견되었다.

"죽은 게 맞지?"

"다리에 총상을 입었고 머리는 바윗돌에라도 세게 찍힌 듯하군."

시체를 끄집어 올려놓은 뒤 수색대원들이 말을 나누었다. 그들이 초소에 무전을 치고 함께 시신을 들고 갈 때 이상스런 소리가 들려왔다.

"난…… 저 삼도천을…… 건너기 싫어. 난…… 억울해서 지금 여기서 죽긴 싫어……."

흐릿하긴 했지만 그건 그들이 들고 가는 시체에서 나는 소리가 분명했으므로 깜짝 놀라 손을 놓아 버리고 말았다. 땅에 떨어진 몸뚱이는 긴 한숨을 내쉬더니 서럽게 울기 시작했다. 그러더니 물을 웩웩 토해 내는 것이었다.

소년 비밀요원과 공동경비구역

낙엽처럼

군 병원으로 옮겨진 청운은 하얀 벽만 묵묵히 쳐다보고 있었다. 마치 정신이 나간 듯한 모습이었다.

대충 치료를 받은 후 그는 지프차에 태워져 어느 부대로 호송되었다. 예전에 훈련받던 곳은 아니었다.

그는 그곳에서 귀환 보고를 하는 대신 취조를 받았다. 카메라를 잃어버려 임무 완수를 못했을 뿐더러 두 명의 동료는 사라지고 혼자만 살아왔기 때문이었다.

청운은 가능하면 사실대로 얘기했지만, 어떤 세세한 기억은 떠올리기가 어려운지 혹은 싫은지 입을 다물곤 했다. 아무도 본 사람이 없기에 조금쯤 슬슬 매끄럽게 꾸며 내면 될 텐데……. 욕망도 희망도 없는 한낱 지푸라기처럼 심문관의 거센 입김이 이리 불면 이리 뒤척 저리 불면 저리 뒤척거렸다. 중심이 없었지만 끝내 날려 가 버리지는 않았다. 진술서의 빈틈은 심문관이 자기 판단에 따라 메꾸었다.

며칠 후 청운은 휴가증이나 제대증이 아닌 누런 갱지의 귀향 증명서를 받고, 고급주택 한 채에 평생 풍족히 살 만한 금액 대신 일금 3천 원이 든 봉투를 받아 쥐곤 군부대 문을 나섰다.

그는 왼쪽 다리를 좀 절뚝거리고 있었다. 지뢰의 파편인지 총알인지는 모르지만 제거 수술을 받지 않은 상태였다. 관심이 없는 건지 능력이 없는 건지, 보행 가능이란 불편한 딱지를 다리에 붙인 채 퇴출된 셈이었다.

청운은 예전에 국가의 대행자인 물색조들이 속삭였던 감언이설을 그때나 지금이나 별로 믿진 않았다. 속인 놈도 나쁘지만 속은 놈도 명청하지 않은가! 하지만 한 국가가 어린 청소년들을 상대로 사기극을 벌인 듯해 기분이 더러웠다.

'그래도 목숨을 걸고 갔다 왔는데 쓰레기처럼 내버리다니……. 그럼 대통령이나 국회의원이나 장관, 장군이니 대기업 회장님들은 아무런 실수도 없이 역할을 잘 수행했기에 맨날 그렇게 낄낄 웃으며 수많은 돈을 챙기는 거야, 응?'

청운은 침을 퉤 내뱉곤 절뚝절뚝 걸어 나갔다.

'수많은 청소년들이 국가에서 내민 행복의 미끼를 물었다가 결국엔 죽고 말았다. 난 살았지만 유령이 된 기분이다. 다리병신이라서 그런가? 내 나름대로 국가를 위해 일했는데 국가로부터 사람 취급을 받지 못한 거지 같은 신세라서 그런지도 모른다.'

시외버스 정류소 앞 전봇대나 벽에 포스터와 표어가 붙어 있었다.

간첩은 표시 없다. 너도나도 살펴보자!
어둠 속에 떨지 말고 자수하여 광명 찾자!
의심나면 다시 보고 수상하면 신고하자!

포스터에 그려진 간첩은 인간의 얼굴이 아니라 악마나 도깨비 괴물처럼 표현돼 있었다. 청운은 씨익 웃고는 고개를 돌려 버렸다.

서울행 버스에 오른 청운은 맨 뒷자리로 가 앉아 창밖으로 눈길을 던졌다. 차창을 스쳐 가는 풍경을 무심히 흘려 보면서, 그는 지난 1년간의 지옥 같았던 시간을 회상했다. 사람이 아니라 하나의 물건처럼 취급받다가 결국엔 죽어 버린 어린 청춘들…… 그 속으로 언뜻언뜻 고아가 되어 무정한 거리를 떠돌던 어떤 소년이 떠오르기도 했다.

동대문이 가까운 마장동에서 내린 청운은 허름한 식당으로 들어가 국밥 한 그릇을 시켜 먹은 다음 거리로 나섰다. 늦가을을 지나 초겨울로 접어드는 길목에서 스산한 바람이 지친 낙엽을 이리저리 흩날리고 있었다.

청운은 어느 쪽으로 갈까 망설이다가 답십리 방향으로 걸었다. 청량리의 어느 클럽에 있다는 삐에로 형을 찾아가 보고 싶었던 것이다. 초

겨울 바람이 등을 밀어 그는 마저 낙엽처럼 절뚝절뚝 도시의 네온사인

속으로 걸어갔다. *

어린 생명의 메아리

이 소설은 아직 제대로 알려지지 않은 청소년 북파 공작원들을 중심으로 진행된다. 8세~17세의 어린 소년들로 구성된 부대는 공식적으로 밝혀지진 않았지만, 6·25전쟁을 전후해 실제로 수많은 아이들이 물색조의 허풍에 속거나 반강제적인 방법에 의해 비밀스런 곳으로 끌려가 구성되었고, 그들은 공작 임무를 수행하다가 죽거나 행방불명되었다.

남북한 간에 공작원 대결이 가장 치열했던 1960~1970년대 초엔 어린아이들은 배제되었으나, 15~16세 정도의 청소년이 체격이나 민첩성 등에 의해 선발돼 성인 부대에 소속된 사례가 종종 있었다고 한다. 북파 공작원의 존재가 이젠 은밀한 비밀이 아니며, 국가에서도 선별적으로 보상을 해 주고 있다지만, 꽃다운 어린 청소년들의 활동과 죽음에 대해서는 여전히 함구무언이다. 그 아이들은 깊디깊은 망각의 바닷속에 가라앉아 있다.

스파이, 간첩, 무장공비 등으로도 불리는 남파·북파 공작원은 통일이 되어야만 사라질 존재들이다. 그들도 괴물이 아니라 우리와 같은 사람이다. 국가에 의해 선택돼 국가를 위해 일했는데도 그들은 남북 쌍방에 의해 도깨비나 괴물로 지탄되고 있는 것이다. 이세 우리 시대엔 민족의 한과 휴전선 철조망을 끊고 통일의 길이 트이길 희망한다.

과거사의 암실에서 빛바랜 필름을 찾아내 소설로 풀어내는 것은 결코 쉬운 작업이 아니지만 작은 보람 또한 있었다. 아무쪼록 국가 권력에 의해 억울하게 지옥 속에 내던져졌던 분들이 지난 원한을 잊고 희미한 미소나마 지을 수 있게끔 깊은 배려가 있길 바란다.

'대한민국 특수임무 유공자회'의 이남진 이사님은 분단된 나라의 앞날을 걱정하면서, 자신이 직접 체험한 북파 공작원의 세계에 대해 찬찬히 들려 주셨다. 이 자리를 빌려 깊이 감사드린다.

김영권

소년 비밀요원과 공동경비구역